# 担任女教師と僕
# 【合鍵生活】

二神 柊

JN264608

フランス書院文庫

# 担任女教師と僕

# (合鍵生活)

●もくじ

# 担任女教師と僕【合鍵生活】

# プロローグ

少年は、呆然としていた。

三月。都内の超高級ホテル。そのティールームで立ちつくしていた。

目の前に、信じられないほど魅力的な女性がいる。ふんわりとした雰囲気で、優しそうな微笑を浮かべている。

頭が真っ白になっていると、信じられないほど透き通っていて、とても育ちの良さそうな声が耳に届いてきた。

「健太くん、ですね？」

少年は頷くことしかできない。

すると女性は「さあ、座ってください」と言う。

体を動かそうとしたが、全身の感覚が失われてしまった。ふわふわと、まさに地に足がついていない状態で、少年は椅子を引いて腰を下ろした。

とたんに足が、がたがたと震えだした。ものすごく緊張している。


少年の名は山下健太。

十五歳で、この四月から高校生になる。

身長百六十五センチ。体重は五十キロ。平凡な容姿に、人並みの成績。性格はおとなしく、友達を作るのが苦手だ。

しかし、それは日本での話ではなかった。

健太は、ずっとインドネシアの小島で生まれ育った。

父親は農業技術者で、母親は教師。発展の遅れた地域をサポートするため、地域の人々と共に汗を流してきた。

首都のジャカルタは、ある意味で日本より遠い。

日本人学校に通うことは不可能で、健太は地元の学校と、両親が家庭教師を務めることで勉強を続けてきた。

両親は現地に骨を埋めるつもりだが、やはり息子の教育は心配だったようだ。十四歳になると、日本の高校を受験することが決まった。

結果は、中堅の公立高に合格。国内で一人暮らしをしながら通うこととなった。頑張って成績を上げて、母国の大学に進学してほしいというのが父母の願いだ。

日本での保護者役は、母親が探してくれた。

杉山美奈子、という女性だという。

何十年も前、両親は海外青年協力隊として来島した女性と親しくなった。女性は後に東南アジアの研究で大学教授となり、両親との交流は続いていた。

そんな女性教授の教え子が、杉山美奈子なのだという。

健太は若くても四十代、下手をすると五十代ぐらいなのだろうと勝手に思っていた。いや、別に年齢なんてどうでもいい。口うるさくないタイプを願うだけだ。

成田空港に到着すると、やはり度肝を抜かれた。

小学校の低学年までは日本にいたし、何より、受験の時に帰国してからそれほど時間はたっていない。

だが、何もかもが圧倒的だ。

景色の密度が違う。本当に先進的だと思う。

そして、人々の洗練。

特に若い女性を見ると、わけもなくどきどきしてしまう。何てきれいなんだろうとうっとりしてしまう。

ちょっと体にフィットしたブラウスやTシャツでもどきっとする。それがキャミソールになれば、息が止まってしまう気がする。

ミニスカートはたまらないし、パンツスーツだってヒップに貼りついているものもある。生脚もすてきだが、ストッキングも負けていない。インドネシアの小島に、あんなにつやつやとして透明感の豊かな生地は存在しない。

アジアからの留学生は、こんな風に日本を見るんだろうか。

健太はそんなことを考えたが、頭があまりに性欲で支配されすぎているようにも思えて、自分のことが恥ずかしくなった。

電車で都内に出ると、杉山美奈子という女性が指定してきたホテルに向かった。

そして健太は、美奈子とティールームで出会った。

最初、保護者役の女性は席を外していて、その娘なのだろうかと誤解してしまった。だが、目の前にいるのが、正真正銘の杉山美奈子だった。

おまけに自己紹介を聞くと、椅子から転げ落ちそうになった。何と美奈子は高校教師で、健太が通うことになる公立高に勤務しているという。

担当は英語。年齢は二十五歳。

黒のセミロングは、まさしく清純派で、お嬢さまという言葉がぴったり。大きくて丸い瞳は、目尻がちょっと垂れているのがとてもかわいい。しかも、その周りは、楕円形をしたワインレッドのプラスチックに囲まれている。

つまり、美奈子先生は眼鏡をかけているのだ。

形は、インドネシアでも非常に人気のあった、日本製アニメーションの登場人物がかけていたものに似ている。健太はネットで作品を見ていて、その女性キャラクターから「眼鏡美人」というタイプを学んでいた。

とはいえ、美奈子の魅力は、アニメをはるかに上回っている。

眼鏡が似合う、お嬢さま育ちの、清純派で、とても優しそうな女教師。

服装も、そんなイメージにぴったりだった。

真っ白な、とても高価そうに見えるワンピース。

インナーに選ばれた黒無地のTシャツがアクセントになっていて、腰には上品な茶色のベルトが巻かれている。

表情も、ファッションも、めちゃくちゃにきらきらと輝いている。健太は、眩しさをリアルに感じた。太陽を直視しているみたいだった。

心のときめきは、激しくなる一方。

つまりは、完全な一目ぼれだった。

しかし、全身が、特に下半身が、かっ、と熱くなっていくのは、健太を駆け巡っている感情が、必ずしも恋だけではないことを物語っている。

少年の視線は、女教師の胸元へ集中していく。

優美なデザインのはずなのに、とんでもなく膨らんでいるのだ。

もちろん、清らかな美奈子先生が、バストをあらわにするはずもない。とはいえ、生地の膨らみがものすごいのだ。

ベルトが巻かれているウエストは信じられないほど細いし、手足の様子から見ても女教師の体はスレンダーなはずだ。

なのに、バストだけは強烈な巨乳。

美人で、かわいくて、最高のアイドル教師は、巨乳教師でもある。

その事実に、健太の体はますます震える。喉が渇き、口中は乾燥してしまう。

「健太くんのためにできる限りのことをします、安心してくださいね」

笑顔で話しかけられれば、失神しそうになる。丁寧な口調も、いかにもお嬢さまっぽくて、恋愛感情だけでなく性欲も燃えあがらせる。

自分でもわけの分からない精神状態だったが、それでも何とか会話を続けた。インドネシアでの生活。高校への抱負。

当たり障りのない話題が終わると、いよいよ本題に入る。

それは、美奈子がいきなり提案することで始まった。

「先生が住んでいるマンションの隣が空いているんです。そこに住むのはどうでしょう、健太くん?」

最初、女教師が言ったことがまったく理解できなかった。

かなり遅れて意味が脳に伝わって、聞き間違いだと思った。美奈子が住むマンションの隣に建っている別のマンションのことを言っているのだと判断した。

一体、どこの女教師が、自宅の隣に教え子、しかも男子生徒を住まわせるのか。

ところが、美奈子はそういうことを言っているのだった。

そして健太は、まったく質問したり反論したりすることなく、気がつけば首を縦に振ってしまっていた。

美奈子は「よかった」と喜ぶ。急に健太は激しい後悔に襲われた。

自分が通う高校に、こんなきれいな先生がいると思うだけで緊張する。なのに、美奈子先生は健太の「お隣さん」になるのだ。どんな生活になるのかまったく想像がつかない。だから恐怖を感じてしまう。

健太がパニック状態に陥っていると、いきなり女教師が立ち上がった。

「ど、どうしたんですか？」

「善は急げです。さあ、先生のマンションに行きましょう、健太くん」


それからは、怒濤の展開だった。

ホテルを出て、電車で女教師の住む街へ行った。高校の校区内だが、少し離れている。ここに住めば自転車通学になるのだろうと健太は思った。

不動産屋に立ち寄り合鍵を借りる。社員は普通の表情をしていたが、健太は不審に思われているのではないかと気が気ではない。

あっという間にマンションへ到着し、健太の前で、ドアが開いた。

少年の視界に、がらんとした1LDKが飛び込んでくる。

壁を見ると、心臓が震える。あの向こう側に、美奈子先生が住んでいる。学校から帰宅すると、着替えるために服を脱いだり、お風呂に入ったり、ベッドで寝たりするのだ。考えるだけで、気が狂いそうになる。

「健太くん、どうですか？　不満なところはありますか？　先生は住みやすいと思っているんですけれど」

　女教師が問いかける。

　健太は直接的に返答せず、逆に自分の疑問をぶつけた。

「どうして……。どうして、僕のために、そこまでしてくださるんですか?」

　美奈子は不思議そうな表情を浮かべた。何を当然のことを質問するんだ、という感じだった。

「先生の恩師に頼まれたから、というのはもちろんありますよ。でも、先生は一人っ子で、いつも寂しい想いをしてきたんです。だから、健太くんが弟みたいで嬉しくて、お世話をしたくてたまらないんです」

　眼鏡の奥にある美しい瞳が、きらきらと輝く。

　こうなると、健太はもう何も言うことができなくなった。顔を真っ赤にして、ただひたすらうつむいた。

　少年が無言なのを、女教師は同意と受け取ったようだ。

「じゃあ、健太くんが引っ越したら、先生用の合鍵を作りますね」

　びっくりした健太は「合鍵!?」と言った。美奈子は「はい」と答える。

「鍵をなくしたりしたら、困るでしょう?　そんな非常事態のために、先生がバックアップ用に持っておくんです」

女教師は、本当に楽しそうな表情だ。

合鍵を作られたら、自分のプライバシーが侵害されてしまうかもしれない。普段の健太だったら、何とかやめてもらうよう頼んだはずだ。

なのに、健太の口は、まったく動かなかった。

美奈子先生が、合鍵を使って部屋に入ってくる。その場面を想像すると、いきなり健太の股間が熱くなった。

# 第一章　先生と僕の共同生活

## 1　夢の生活

健太は、大きな教室の中に立っていた。

こんな場所に来たことは一度もない。ネットテレビで見たドラマに出てきた、大学キャンパスの場面を思いだした。

空間は、すり鉢型になっている。椅子と机がずらりと並び、最も低い場所には教壇と黒板が設置されている。

健太は、最前列に立っていた。

自分の体を見ると、海水パンツしか穿いていない。上半身は完全な裸。足もサンダルや靴は存在せず、正真正銘の裸足だった。

（また、夢の中にいるんだ……。どうして、こんなことになるんだろう？）

本当に不思議だが、健太が美奈子の隣に住むようになってから、現実ではないと理解している夢を毎日見るようになった。

手をつねっても、痛さを感じることは既に確かめてある。どれだけ周囲に視線を走らせても、本当にリアルな光景だとしか思えない。

ふう、と健太はため息をついた。

そして、心がどきどきしてきた。また、一方で、強い困惑と羞恥心も沸きあがってきていた。

次の展開は、半分ぐらいなら分かっている。

この大教室に、美奈子先生が登場するのだ。

高校と大学という違いはあるものの、女教師と学校の組み合わせは全く普通だ。異常なところがあるはずもない。

なのに、健太は興奮と狼狽に襲われている。

理由は、美奈子のコスチュームにある。

常に、とんでもない格好で登場するのだ。例えば、一昨日は超ミニの女子高生というものだったし、昨日は新体操のレオタードだった。

いわば、女教師のコスプレショーをかぶりつきで見られるわけで、十五歳の股間は常にいきり立ってしまう。

夢なのだから構わないのだけれど、やっぱり愛する先生を汚しているような気がして仕方がない。現実ではないと分かっていても、清純な女教師に勃起した股間を見せつけるのは嫌だ。

(僕は、どうして、こんなにいやらしいんだろう……)

健太は泣きたくなってくる。

だが、ペニスに血が集まってきているのが分かる。今日の美奈子先生は、どんなコスプレをしてくれるんだろうと期待が高まっている。

頭を抱え、うずくまりたい。

そんなことを考えた瞬間、ドアが勢いよく開いた。

反射的に、少年は視線を向けた。そして、腰が抜けそうになった。

現れたのは、何とバニーガールだった。

真っ赤なコスチュームは体にぴったりと張りついていて、まるでボディコン。美奈子が歩くたび、大きな乳房が、ゆさゆさと激しく上下する。

女教師は、現実の授業で見せるのと同じ、柔らかな表情を浮かべている。

落ち着いていて、穏やかで、おっとりしている。でも、全身からは生徒想いの雰囲気が放射されまくっている。

そこのところは、完全に現実と一致している。健太は自分の頭が生みだす映像なのに、夢があまりに現実をきちんと再現することに、いつも驚かされる。

だが、女教師の体を包むファッションは、非現実の極みだ。

対比はあまりに強烈で、それは、めちゃくちゃにセクシーだった。

急激な勢いで、ペニスは勃起した。水着の股間が、爆発したように膨らむ。

健太は慌てて手で押さえるが、視線は美奈子からそらさない。

女教師は、教え子の凝視を優しく受け止めながら、ゆっくりと黒板の前に立った。ちょっと上体を反らすようにして、伸びやかな肢体を少年に見せつける。

少年は最初、バニーガールのコスチュームを、ボディコンのようだと感じた。

それは、確かにその通りなのだが、もちろん何もかも同じというわけではない。

どこかに、「堅い」雰囲気がある。

健太は美奈子の体を隅々まで眺めている。それはもちろん、巨乳の谷間やヒップの丸みを味わい尽くすためだ。

しかし、それは結果として、少年に発見をもたらした。

例えば、「付襟」「付袖」「蝶ネクタイ」というアイテム。ワイシャツのパーツであるのは明らかであり、それはスーツやタキシードのインナーを連想させる。

オフィスや、オフィシャルなパーティーで目にするファッションがわずかに残されているからこそ、白い耳も映えるし、お尻の尻尾も魅力が増す。

ふとももを包む網タイツの非現実性が鮮烈なものになり、それを最後にノーブルなピンヒールが締める。

そして美奈子は、眼鏡をかけている。

これこそが女教師の象徴だ。だからこそ、コスプレという「遊び」が持っている「エッチさ」が際立つ。

インパクトは抜群で、そのセクシーさは天井知らずだった。

しかも、この光景を、健太が独占している。

確かに夢の中の出来事ではある。だが、そうだとしても、美奈子は健太のためだけに、こんな格好をしてくれているのは間違いない。

健太が美奈子の隣に住むようになり、一週間が経過した。

高校に入学すると、何と健太のクラス担任は美奈子だった。

学校側は健太の住所も把握しているはずなのだが、何も言われなかった。どうやら、両親も親類もいない生徒の生活指導になると判断したようだ。

久しぶりの母国で始まった、初めての高校生活。

予想はしていたものの、健太に友達はできなかった。クラスでは孤立していて、誰とも話すことができなかった。

いじめられているのではない。高校はそれなりの進学校。クラスメイトの大半は、みんな優しく、真面目な性格だ。

無口で暗い性格だと敏感に察して、ほったらかしにしてくれるのだろう。健太は、自分の立ち位置をそう理解していた。

浮くことは決してないが、ぽつんと一人ぼっちでいることが多い。

だが、そんな健太にも、生徒が美奈子を絶賛する声は聞こえてくる。

身長は百六十センチ。ものすごい巨乳。両親は共に大学教授で、一人っ子の長女。隣に住んでいるのにまったく知らなかった情報が、どんどん耳に入ってくる。

健太は、激しい混乱と、奇妙な優越感を同時に味わい、頭がくらくらした。

教室に美奈子が入ってくると、誰もが息をのむ。

アイドル教師のファッションは、そのイメージを裏切ることは決してない。上品なブラウスにフレアスカート、清楚なワンピース。

板書が始まると、まず脚や腰、そして腕の細さにびっくりする。なのに、胸は信じられないほど突きだしている。

もちろん美奈子は清純派だから、体にフィットした服を選ぶはずがない。だが、あまりに巨乳だから隠すことができないのだ。

ホームルームや授業が終われば、男子生徒が女子の目を意識しながらも、担任教師の体について談義が始まる。

「あれならDカップはあるよな」

「Dじゃすまないって。Eだよ絶対に」

「黒板に英単語書いた時さ、ブラウスが揺れなかったか?」

「バストもいいけど、俺はヒップが最高だと思うな。板書の時、スカートの中に形が浮かび上がるんだぜ。たまんないよ」

健太はこっそりと聞き耳を立てながら、やはり不思議な優越感を味わう。

そして、少しでも気を許すと勃起してしまうため、興奮してしまわないように細心の注意を払わなければならなかった。

健太は夢の中で回想をしていたことに気づいた。

意識を取り戻しても、まだ夢の中にいる。本当に不思議だと思いながら、バニーガールになった女教師を熱く見つめ、勃起も一応、手で隠す。

（学校でいやらしいことばかり考えているから、こんな夢を見ちゃうんだろうか？）

心の中で、自分に問いかける。

美奈子先生の裸を見たい。オッパイを触りたい。お尻をなでなでしたい。

気がつけば、いつもそんなことばかり考えている。普通の生徒なら、学校から帰宅すればアイドル教師のことを忘れられるのかもしれない。

だが、健太は二十四時間、常に美奈子のことを意識している。

激しい欲求不満に陥っているのは間違いなく、それが夢にまで影響を与えているのではないだろうか。

少年は改めて、女教師のバストを見つめる。

ごくり、と生唾を飲んでしまう。

目の前に、美奈子先生のオッパイがある。現実の裸を見たことはないから、あくまでも空想の産物だ。

しかし、自分でも驚くほどリアルだ。

バニーガールのコスチュームは胸元の切れ込みが深い。Ｖの字が本当に長い。

だから乳房は半分ぐらいあらわになってしまっているし、谷間が丸見えだ。

あの合わせ目に手を、いや、せめて指だけでも入れさせてもらえれば、どれだけ幸せになるだろうと考えて、健太の肉棒は夢の中でも熱くたぎる。

呼吸すら忘れて見つめていると、美奈子が動きだした。

足元のピンヒールが軸となり、体が回転していく。

股間のハイレグが消え、代わりにヒップが出現する。

真っ白な尻尾は、本当にすてきだ。だが健太は、もっとすごいものに心を奪われてしまっていた。

コスチュームは、前側と同じ角度で後ろの生地も切れ上がっている。それは当たり前のことなのだが、ヒップの両端も姿を現してしまっているのだ。

つまり、女教師のお尻のラインは丸見えだった。

（ああっ、どうしよう！　オナニーしたくて、たまらないよ！）

健太は悩んだ。

現実の世界ではないのだから、海水パンツを脱いで肉棒を握りしめてしまえばいい。

それは分かっているのだが、やっぱり恥ずかしくて仕方がない。

時間だけがどんどん過ぎ去っていくが、性欲は高まる一方だ。頭がおかしくなってしまうのではないかと不安になる。

突然、美奈子がチョークを握った。

バニーガールの女教師が板書をするらしい。健太は何が始まるのかと息をのんだ。

さらさらと、整った字が黒板に並んでいく。

——健太くん　起きてください　朝ですよ。

十五歳の少年は仰天し、たちまち欲望が吹き飛んだ。目を見開いて美奈子を見つめると、上品な形の唇が動きだす。

「健太くんが起きてくれないと、先生は悲しくなっちゃいます」

完璧な美声が、健太の全身に染み渡る。

(美奈子先生を悲しませるわけには、絶対にいかない!)

健太は今すぐに起床しようと思った。ところが、体がまったく動かない。

心の中で「そんな!」と悲鳴を上げ、必死に手足をばたばたさせようとするのだが、体はまったく反応してくれない。

いくつかの理由に気づいた。

女教師のしゃべり方は非常におっとりしている。そのため、どこか子守歌のように聞こえてしまう時があるのだ。

学校でも、幸せそうな表情で居眠りをしているクラスメイトがいるぐらいだが、健太も夢の中にいるにもかかわらず、何と睡魔に襲われてしまう。

まぶたが閉じそうになり、視界が薄れていく。

その時、最愛の英語教師が悲しそうな表情を浮かべた。非常にぼんやりとしか捉えられないが、それでも瞳に涙がたまっているのが分かる。

健太は慌てた。真っ先に体が動いた。自分の意志とは関係なく、目を限界まで開ききった。

急に、現実の光景が流れ込んできた。

自室の天井。ブランケット、シーツ……。

淫夢から脱出できたことを知り、まず健太はほっとした。体を「うーん」と伸ばそうとしたが、熱い視線で上から見つめられているような気配を感じた。

少年は、おそるおそる、正面に目を向けてみる。

女教師の楚々とした美顔が、めちゃくちゃなアップで迫っていた。

## 2　モーニングコール

「美奈子先生！」

目を覚ました健太は大声で叫んだ。

まるでキスをしてくるのではないかと思うほどの距離。

だが、健太がまさしく肝をつぶしているのに対し、美奈子はどこまでも爽やかだ。優しそうな、いや、母性すら感じる微笑を浮かべ、ベッドで横になっている教え子を熱く見つめている。

「ふふふっ、おはようございます、健太くん。さあ、先生と一緒に、朝ご飯を食べましょう、ね？」

美奈子先生は、眩しい。

（何で、先生はこんなに綺麗なんだろう。めちゃくちゃに可愛いんだろう！）

健太の体が、かすかに震える。女教師はプライベートでも自分のことを「先生」と呼ぶが、それが本当に魅力的だと思う。

「あらあら、そんなにぼんやりしちゃって。健太くんは朝が苦手ですね。ちゃんと目を開けてください」

女教師は手を伸ばすと、真っ白な指で健太の頭をなで回す。

あまりの気持ちよさに、少年が思わず「ああっ」とうめき声を漏らしてしまうと、英語教師は「うふふ」と心から楽しそうに笑った。

健太の心臓は狂ったように鳴り出し、顔が真っ赤になる。

もちろん美奈子があまりにも魅力的で、手の感触が素晴らしかったからだが、それだけではなく、もう一つ別の理由がある。

女教師はベッドの上で、四つんばいになっていた。

服装は、シンプルな無地のTシャツ、それに意外にミニなデニムスカート。

つまり美奈子は健太を見下ろしているわけだが、そのためにTシャツの生地が垂れ下がってしまっている。

（あ、あああっ！　Tシャツの中が見えてしまっている！）

健太は息をのむ。

あらわになっているのは、胸元の入り口、ともいうべき場所だ。客観的に考えれば、それほどセクシーな場所ではない。

だが、少年は女教師に恋い焦がれている。目にすることのできる素肌の「面積」が増えれば、それだけときめきも加速する。

それに、肌の白さ、きめの細かさは、やはり少年の心を強く揺さぶる。おまけに、ブラジャーの肩ひもが少し顔をのぞかせているのもたまらない。色は淡いピンクで、いかにもアイドル教師が選びそうな色合いだ。

バニーガールのコスチュームが持つ衝撃は桁違いだったが、あっちは夢であり、こっちは紛れもない現実だ。

ある意味で、健太は最愛の女教師のことすら忘れてしまっていた。

頭の中は、ブラジャーのカップが姿を見せないかという欲望に支配されている。もっと奥を見たい、おっぱいを見たいという熱い感情が全身を駆け巡り、とにかく目を最大限に見開いた。

すると、女教師の体が動きだしてしまった。

「朝ご飯ができてます。一緒にダイニングへ行きましょう、健太くん！」

美奈子は弾んだ声で言うと、ベッドからジャンプする。

一気に、視界からTシャツが消え去った。

健太は死にたくなるほどの悔しさと、それから不思議な安堵を同時に感じた。

ブラジャーを盗み見ることはできなかったが、愛する女教師を性欲の対象にしてしまう状態からは脱出した。

純真な恋愛感情と、マグマのように煮えたぎっている邪悪な想い。

そのせめぎ合いが自分の初恋であることを健太が実感しているうちに、女教師が床に立った。

ところが、いまだにベッドで寝ている健太が、美奈子を見上げるために首を動かしてみると、いきなり股間が、びくん、と強く反応した。

胸元の驚異的な膨らみは、下半分を凝視することができる。珍しいアングルに健太の脳天は甘く痺れる。

また、デニムスカートの中が見えそうで見えないという角度になっているのもときめいてしまう。生足が丸見えになっているのもたまらない。

(どうして、どうして、こんなにきれいな先生が隣に住んでいるんだ、僕の家の合鍵を持っているんだ!)

女教師に隣へ引っ越すように言われ、首を縦に振った瞬間から、少年はある程度の苦痛を覚悟していた。

だが、現実は予測をはるかに上回った。

単に、壁の向こう側にいる美人教師の生活を想像、妄想する日々なのだと思っていたのだけれど、美奈子は合鍵を使って健太の部屋に入ってくるのだ。

ルームキーを紛失した時などの非常用という説明だったはずだが、自分で言ったことを忘れてしまっているのだろうか。健太が、ここに住むようになってから毎朝、美奈子は「モーニングコール」をしてくれる。

「健太くん、何をぼーっとしているんですか!? さあ、起きましょう！」

女教師は上半身を屈めると、少年の腕を握った。

柔らかな指が、健太の皮膚に触れる。たちまち全身に電流が走る。再びTシャツも垂れ下がり、また胸元の素肌が姿を見せた。

「ほら、健太くん、早く！」

美奈子は健太の腕を上下に振る。

体も揺れ、Tシャツの中でEカップがぶるんぶるんと暴れ出す。

健太はぼんやりとして、なすがままの状態になった。

首の周りにある生地に、無意識のうちに視線を集中させた。すると、大きくて、丸くて、柔らかそうな、まさに二つの爆弾が、押し合いへし合いをしている気配が伝わってくる。

（あ、あああっ……。あああっ、ああああっ……）

完璧に呆けてしまっているうちに、奇跡が起きた。

Tシャツから、ブラのカップが飛びだしたのだ。

ほんの一瞬であり、顔をのぞかせたのもわずかな面積だった。

だが、光沢の豊かな桃色の生地は、確かに健太の目に突き刺さった。肩ひもとつながっている部分で、カップの周りには薄い生地でできた羽のような飾りがつけられているのにも心を奪われた。

自分の願いが叶えられたことを知った健太は、正気に返った。

泣きたくなるほど感動的なハプニングとはいえ、それは、非常に困ったことを引き起こすきっかけにもなる。

「ちょ、ちょっと待ってください、美奈子先生！」

少年は悲鳴を上げた。泣き叫んでいるような声だった。

（オチン×ンが、オチン×ンが！）

十五歳。童貞の股間は、激しく勃起してしまっていた。

健太は今、Tシャツにバミューダパンツという格好だ。これが寝間着なのだが、パンツは普通のデザインだから、それほどルーズではない。

頭を必死に回転させ、女教師に見られてしまっていないか確認する。

あんな夢を見ていたのだから、もちろん最初から勃っていただろう。だが、ブランケットはきちんと腰にかかっていたから、パンツの股間が膨らんでいる様子を何とか隠していたはずだ。

まだ女教師が教え子の「生理現象」に気づいていないことを確認した上で、次の展開を考えて健太は震えおののく。

ベッドから立ち上がる。それはもちろん、猛りきった肉棒を愛する美奈子に見せつけることに等しい。

健太が「ちょっと待ってください」を繰り返していると、アイドル教師は腕を振ることを止めてくれた。

きょとんとした表情で、健太を見つめる。

そのかわいらしさに動揺しながら、少年はうそをつく。

「もちろん、絶対に起きます。美奈子先生の朝ご飯は、すごくおいしいですから、本当に食べたいんです。で、でも、廊下はまだ寒いのでシャツなんかを着たいんです。どうか先生の部屋で待っていてくれないでしょうか？」

必死に言葉を並べると、女教師は「分かりました」と笑顔を復活させた。

「先生のご飯をおいしいなんて言ってくれて、本当に嬉しいです！　お味噌汁が冷めちゃいますから、なるべく早く来てくださいね」

ドアが閉まったことを確認すると、健太はベッドから起き上がった。

まず、股間をチェックする。

破れてしまうのではないかと心配になるほど盛りあがっている。見られなくて本当に助かったが、困ったことに小さくなる気配がない。

オナニーをしようかとも考えたが、そんな時間はないだろう。早く女教師の自宅に行かなければ、また合鍵を使って入ってくる。

健太は、急いで服を着替えた。

いつもならジーンズを選ぶところだが、チノパンにした。デザインが比較的ゆったりとしていて、股間を隠してくれる可能性があるからだ。

それにワイシャツを着て、裾を外に出してしまう。

祈るような思いで鏡の前に立つと、膨らみは相当に目立たなくなっていた。

ひとまず安堵すると、全速力でダッシュ。

寝室を飛びだし、リビングに出た。ちらりと壁に掛けているカレンダーを見ると、月曜日になっている。これからまた、一週間が始まる。

ダイニングを抜け、廊下を突っ切ると、玄関だ。靴をはき、ドアを開ける。

健太と美奈子が住んでいるのは、マンションの五階だ。廊下に出ると、住宅地の光景が目に飛び込んでくる。今日は雲一つ無く晴れていて、家々の屋根は日の光を浴びてきらきらと輝いていた。

自分の鍵を使って、自宅のドアを閉める。

そして、すぐ隣にあるドアを開ける。健太は合鍵を持っていないものの、美奈子がロックをかけないでいてくれている。

女教師の自宅。その玄関に入ると、たまらない香りが全身を包み込む。

大好きな匂い。どきどきしてしまうし、幸せな気持ちにもなれるのだが、困ったことに肉棒も反応を見せてしまう。

少しは勢いを失っていたはずなのに、また限界まで膨らみきっていく。健太は慌てて右手をポケットに突っ込んで、腰を引き気味にした。不自然な格好なのはもちろん承知しているが、こうするより他にない。

靴を脱いで廊下に上がると、まず右隣にドアが見える。

ここを開けると洗面台があり、バスルームやトイレもある。女教師がここを使っているのだと考えてしまいたくなるが、そんなことをすれば肉棒がぴくぴくと動いてしまう。健太は頭を左右に振って思考を追い出そうとする。

正面にもドアがあり、少年は震える手でそれを開けた。

視界にシステムキッチンとダイニングの光景が飛び込んできた。目はテーブルに並ぶ素晴らしい料理を捉える。

真っ白なご飯。わかめと豆腐の味噌汁。焼鮭。納豆。ほうれん草のおひたし。

材料は厳選され、何より女教師の料理はプロ並みだ。健太は、素早い動作で椅子に腰掛けた。これで勃起を見つかるリスクは、とりあえずはなくなった。

ふう、とため息をついていると、既に美奈子は真正面に座っている。漬け物が入った皿を手に持ち、はがれないラップと格闘している。

とたんに、心臓が跳ね上がった。

(美奈子先生、そんなことをしていると、肘が箸に当たっちゃいます!)

だが、びりっ、とラップが破れる音と共に、女教師の肘は突きだす格好となり、ぶつかった箸は宙を舞って落下していった。

「ああん、もう……!」

美奈子は苛立たしそうな声を出すと、助けを求めるように健太を見つめた。

「先生は、本当におっちょこちょいですね。ごめんなさい。いつも悪いんですけれど、お箸を拾ってくれますか?」

「は、はい……。わ、分かりました……」

かすれきった声で、健太はかろうじて返事をした。

## 3 ピンク

（やっぱり今日も、僕はテーブルの下に潜るんだ……）

健太は股間を気遣いながら椅子から立ち上がった。

床に四つんばいになると、そのまま前進していく。箸はもう視界に入っていた。女教師の足元に転がっている。

だが、少年の目は箸だけを見ているのではない。その奥には、アイドル教師の真っ白な両足も見えている。

足先にはスリッパ。

信じられないほど細い足首から、ぷるんぷるんのふくらはぎ。そして、むちむちのふともから、デニムスカートが加わって生まれる暗黒の三角形。

少年は、女教師の股間に目をこらす。

あの奥に、先生のパンティがあるんだ、と健太が考えた瞬間、突然に女教師の両足がゆっくりと開き始めた。

（ああっ！　ま、まただ！　どうしてなんですか、美奈子先生!?）

心の中で、健太は絶叫する。

毎朝、こんなことが続いている。

女教師はなぜか箸を落とし、それを健太が拾おうとすると、足を開いてくれる。スカートがずり上がり、光が差し込んで三角形が消滅していく。

圧倒的な疑問と興奮に翻弄されているうちに、ピンク色の生地が顔を出した。

やっぱり、ブラジャーと同じ色だ。

健太は四つんばいになったまま体を激しく震わせ、とにかくじっとしていた。

すると、いきなり女教師は足を閉じ、パンティは消えてしまった。だが、それでも健太はじっとしている。慌てたり、失望したりすることはない。

美奈子先生はいつも、まるで下着を見せていいのか迷っているように、足を開いたり閉じたりすることを知っているからだ。

ちらりと足が開き、ピンク色が出現し、また慌てて足が閉じられて暗黒に包まれる。

しばらくすると、また足が開くが、それはさっきよりも角度が確実に広くなる。

そんなに悩まれるのなら、足を開かなくてもいいんです、と大声で訴えたくなるような光景だが、女教師がパンチラをじらすことで自分を興奮させているのかと思うこ息詰まるような「攻防」が続くうちに、どんどんパンティがあらわになる。さっきまで、桃色のラインは、極めて細い一本の「線」でしかなかった。だが、その幅が広まっていき、どんどん「面」へ変化していく。
健太は、絶対にまばたきをしないと決めた。
すると、パンティの中央部に、愛らしいバラの花と、その蔓の刺繍が施されている
のがはっきりと見えた。十五歳の童貞に、女性の下着に対する知識などあるはずもな
いが、それでも高級品だとはっきり分かった。
女教師の清らかなイメージを崩すことなく、華麗でセクシーな印象も強まり、健太
は気が狂いそうになるほど興奮してしまう。シャツとチノパンで股間には余裕がある
はずなのだが、それでもテントが張られた状態になっていく。
(あ、あのパンティの奥に、美奈子先生のオマ×コがあるんだ!)
無我夢中で、健太はピンク色のパンティを味わい尽くそうとする。
美奈子が開いてくれている足の間隔は、十五センチから二十センチというところだ
ろうか。
女教師の動きは止まっている。もう、これ以上はパンティが見えることはないが、

それでも閉じようとはしない。

まるで、激しい羞恥心と戦いながらも、少年の性欲を理解してくれているような態度だった。

健太の脳裏に、これまで美奈子が見せてくれたパンティがよみがえる。

色は、白とピンクだけだった。だが、シンプルな無地のものや、今朝のように刺繍が施されたものなど、バリエーションは豊富だ。

どうして、こんなことが続いているのか、という疑問も、当然ながら頭によぎる。だが、それは圧倒的な興奮にかき消されがちだ。

健太の頭がぐちゃぐちゃになる寸前、静かに女教師の両足が閉じられた。

慌てて箸をつかみ、テーブルの下からはい上がる。

「ありがとうございます、健太くん！」

席に戻ると、美奈子は瞳を潤ませながら礼を言ってくれた。頬にほんの少し赤みが差していて、まるで興奮しているように見える。

それから朝食が始まったのだが、せっかくの料理もほとんど味が分からない。健太の頭はピンク色のパンティで埋め尽くされていた。

何とか食べ終えると、美奈子が食器を片付けながら話しかけてくる。

「これから先生はシャワーを浴びますね」

健太は顔が真っ赤になるのを感じながら、女教師に向かって慌てて返答する。

「じゃ、じゃあ、僕も家に戻って着替えます!」

「ゆっくりしても、大丈夫ですよ。先生のおうちでテレビを見てもいいし」

「い、いいえ、結構です。遅刻しちゃうと、美奈子先生に迷惑をかけちゃうので」

しどろもどろな会話を切り上げ、健太は逃げるように女教師の家を出ようとする。

すると、美奈子が玄関のドアに鍵をかけるために後をついてくる。洗い物をしていたためにエプロン姿になっていて、健太はどきっ、とする。

少年が靴をはくと、女教師は「はい、健太くん」と言い、手に持っていたものを差し出してきた。

たちまち健太の顔は、真っ赤になる。

白地にブルーの水玉が描かれている巾着袋を、健太は緊張して受け取った。

二人が中身について話をしないのは、それが何なのか分かっているからだ。

女教師お手製の、お弁当。

健太の高校には学食もあるし、教職員の中には出前を取る者もいる。だが、美奈子はずっと弁当を作っていて「一人前も二人前も同じだから」と言い、健太の昼食も用意してくれている。

年齢差や、教師と生徒という立場の違いを無視すれば、まるで出勤する夫を見送る新妻のように見える。

健太の感情は高ぶり、自分が何をしているのか分からない。

うつむきながらドアを開け、廊下に出る。

背後で、美奈子が優しく鍵をかけた音が聞こえてきた。外気が全身に当たり、本来ならクールダウンできるはずだった。だが、健太の興奮はまったく抑えられていないというより、さらに増していた。

これまで、頭の中には美奈子のパンティが渦を巻いていた。それに、女教師が裸でシャワーを浴びる妄想が加わり、収拾がつかなくなったのだ。

ばらばらになりそうな心を必死でまとめ上げ、健太は登校の準備を行う。

健太もシャワーを浴びるが、もう肉棒は悲鳴を上げそうなほど膨らみきり、隆々と勃起していた。

角度は、完璧な百八十度。亀頭は腹にくっついてしまっている。まさに女を知らない童貞の男根だ。

(オナニーをしておかないと、学校で勃起しちゃったりしたら大変だ……)

お湯を浴びながら、目をつぶる。

やはり思い浮かべるのは、女教師のパンティだ。ピンク色の生地に、優美な刺繍を脳裏に浮かべる。

肉棒を握ると、それだけで先走りがあふれ出た。

体を流れる湯と混じり合い、排水溝へ消えていく。

「あ、あああっ、み、美奈子先生!」

激しくうめくと、手を上下に動かしてしごいた。あっという間に絶頂が襲いかかってきた。

「み、美奈子先生! イッちゃいますっ!」

精液が噴きだし、宙を舞ってバスタブに落下した。

はあ、はあ、と荒い息をつきながら、何気なく健太は視線を下へ向けた。すると、あまりに大量で濃いため、ほぼ固体と化していてお湯にも流されない。

愛する女教師を汚してしまった気がして、自己嫌悪に襲われる。健太は唇を噛みしめながら、足先で真っ白な物体を排水溝へ動かした。

## 4 マリンブルー

風呂から上がり、身支度を調えた。

オナニーをすることは予測済みで、時間を確保するために教科書の用意などは済ませていた。

そして最後の仕上げとして、どきどきしながら女教師が作ってくれた弁当をカバンの中に入れる。

こういう時のときめきは、性欲とは無縁だ。

学生服のズボン、その股間をチェックしてみる。

まったく平静を保っており、ほっとした。すると、玄関のドアから、がちゃり、という音が聞こえてきた。

「健太くん、行きましょうよ。遅刻しちゃいますよ」

美奈子の動きは素早く、もうダイニングにいて声をかけてくる。

(ああっ、美奈子先生、今日も本当にすてきです!)

実際に声に出して絶賛したとしても、女教師は優しく受け止めてくれるだろう。だが、内気な健太は心の中で感嘆することしかできなかった。

シンプルな白のブラウス。

首元には、華麗なスカーフがまかれ、定番のフレアスカートはクリーム色で、ふんわりとした形はあまりに美しすぎる。

教室で多くの生徒を魅了する姿を、健太は一人で、間近な距離で独占している。

(僕は幸せ者なんだろうか、それとも不幸なんだろうか……)

健太は悩む。

愛する女性のプライベートに触れられる。その幸運は比類ないが、片想いのつらさと常に向き合わなければならない。

見とれているうちに、激しい性欲が沸き上がってくる。

あまりの浅ましさに泣きたくなってくるが、目の前の女教師はさっきシャワーを浴びたのだという事実にとりつかれてしまう。

ブラジャーやパンティも着替えたはずだ。

今、健太がまじまじと見つめているブラウス、その中にあるブラジャーは、フレアスカートに隠されているパンティは、どんな色をしていて、どんな形になっているのだろう。

「どうしたんですか、健太くん？　ぼーっとしちゃって？」

美奈子は笑うと、玄関に向かって歩きだす。健太は後をついていく。

視線は、自然にフレアスカートを追う。

基本は〝ふわふわ〟とした生地が足の動きと共に〝ふわふわ〟するだけなのだが、一瞬、柔らかそうな丸みが浮かび上がる気がする。

妄想なのかもしれないが、上品なクリーム色の生地の中で、パンティに包まれたお尻がぷるんぷるんと揺れているのは事実だ。

胸が締めつけられるような感覚に苦しめられていると、玄関に到着した。

先に靴を履くのは、もちろん美奈子だ。

こういう時、女教師はなぜか健太の方を向き、背中をドアの方へ向ける。

ちょっとした瞬間でも、絶対に少年とは視線を離さない。そんな雰囲気すら感じることもあり、健太はどきどきしてしまう。

少年は立ったままだから、女教師を見下ろす形になる。もちろん美奈子は健太を見上げてくる。

透明感の豊かな瞳と、そして最大の魅力ともいえる眼鏡で見つめられると、そのキュートさに健太は死ぬかと思ってしまう。

「今日も二人で頑張りましょうね」

女教師は言うと、靴を履こうと両足を動かす。

ところが、急に「きゃっ！」と悲鳴を上げた。

バランスを崩してしまったらしく、後ろ側へ倒れ込んでいく。

すぐに手をつき、ひっくり返ってしまうようなことはなかったが、それでも健太は慌ててしゃがみ込み「大丈夫ですか？」と気遣った。

「ありがとう、健太くん」

美奈子は、さすがに恥ずかしくなったのか、頬を少し赤らめた。

「先生は大丈夫です。ちょっとよろけちゃったみたいで……。あの、ごめんなさい、健太くん、お願いですから先生の手を握って、引き起こしてくれますか？」

女教師は左手を玄関の床に置いて、助けを求めるように右手を伸ばしてきた。

少年がしっかりと握ると、英語教師はバランスを回復するために両足を大きく開いていく。

ブリッジと言えば大げさだが、それでも体全体が、まだ大きくのけぞっているのは間違いない。だから、たちまちスカートがウエストの方へめくれ上がっていった。

どうして叫ばなかったのか、健太は自分でも不思議だった。

あっという間に、フレアスカートの中が目に飛び込んできた。

もちろんアイドル教師はパンティストッキングを穿いている。しかし、完璧に透明なタイプなので、股間の奥が丸見えになってしまっていた。

マリンブルーのパンティが、健太の目を焼いた。

一瞬とはいえ、三角形の形もはっきりと確認できた。清楚な女教師には似つかわしくないほどのハイレグで、健太の心は激しくときめいた。

「健太くん、力が強いです、やっぱり男の子なんですね！」

パンティに見とれながらも、健太は無意識のうちに女教師を引っ張っていた。

美奈子は嬉しそうに叫ぶと、あっという間に上体が元に戻った。フレアスカートも下に落ち、両足も閉じられた。

女教師と教え子は、玄関のドアを開け、廊下に出た。

「じゃあ、行きましょう、健太くん」

「は、はい、美奈子先生」

外気を浴び、健太は少し冷静になったのだが、そのために学生服のズボンに異変が起きていることを察知した。

ひょっとすると、オナニーをする前よりも、激しい勃起かもしれない。

慌てて股間を隠しながら廊下を歩く。

片手をポケットに入れている姿は無礼かもしれないが、こうするより他に方法はなかった。

しかも、さっきの玄関では膨らみを見られてしまったのではないかとの不安が募ってきて、健太は一言も喋ることができなかった。

二十五歳のアイドル教師と、十五歳の少年は、一緒にエレベーターを降り、共に駐輪場で自転車に乗る。

マンションを出て、二人は高校に向かってペダルをこぐ。

全国のどこに、教師と生徒が隣り合って暮らし、毎朝、並んで自転車をこぐ二人がいるだろうと健太はいつも考える。

この近くには、高校の生徒や保護者はあまり住んでいない。だから健太と女教師は、並んで自転車を走らせている。

会話をすることはない。いや、それどころか、視線を向けるのもためらわれた。健太は前を真っ直ぐに向いて、ひたすら足を動かす。

しばらくすると、健太がスピードを緩め、逆に美奈子は自転車を加速させる。

あうんの呼吸は、危険地帯に近づいてきたために生まれたものだ。同じように自転車に乗った学生服やセーラー服姿の生徒たちが目立つようになってくる。

たちまち、美奈子の周りには女子生徒が群がった。先生、美奈子先生、と熱心に話しかけている。他愛もない話だから、別に聞き耳を立てる必要はない。

健太は、数メートルほど先を進む女教師を見ながら、朝に見た二種類のパンティを思い出す。サドルに乗っているヒップに視線を集め、ピンクとマリンブルーの下着を重ね合わせてみる。

（美奈子先生のパンティを、僕は見たんだ……）

何ともいえない特権性を感じ、健太は勝ち誇ったような気持ちにも、情けないような気分にもなった。

しかし、ズボンの中で肉棒は血を集め始め、すぐに健太は別のことを考えなければならなかった。鬼のように恐ろしい体育教師の顔を思い浮かべ、何とか勃起を止めようと努力した。

# 第二章　僕と先生の危険な両想い

## 1　美奈子の秘密

美奈子は、必死に平静を装いながら、自分が担任するクラスに足を踏み入れた。

ドアを開けると、生徒が一斉に女教師を見つめる。

そこには、さまざまな表情があふれている。同姓の女子生徒となると、憧れのまなざしを向けている者もいるが、まったく無関心な者もいる。

対して男子生徒の場合は、口をぽかんと開けて担任教師を見つめている者も少なくない。しかし一方で、強がったように不機嫌そうなしかめ面を浮かべている者もいる。

いずれにしても、美奈子の魅力を強く意識しており、それを素直に認めるか反発するかの違いだった。

「起立！」

日直が号令をかけ、全員が立ち上がる。美奈子は教壇で背筋を伸ばす。

そして、生徒に不信感を与えないように、素早く視線を健太に向ける。

健太はうつむいて、美奈子の顔を見ないようにしている。そして、やはり腰を引いていて、よく見ればおかしな格好をしている。

（健太くん、オチン×ンが大きくなっているんだ……）

美奈子の心が、どきどきしてくる。

「礼！……。着席」

生徒が上体を傾ける。ばらばらな動きはいかにも高校生らしい。そして、一瞬の間の後、椅子に腰を下ろしていく。特に男子生徒は大儀そうに動く。彼らにとってきびきびした行動は恥なのだ。

女教師は、いつもよりゆっくりとした口調で生徒たちに話しかける。自分の心に性欲が忍び込んでいるのを追い出すためだ。

「今日はまず、生徒会選挙について連絡があります。選管の田中くんが説明をしてくれるので、お願いしますね」

田中という男子生徒が立ち上がり、日程の説明などを開始する。

耳を傾けるだけの美奈子は、どうしてもさまざまなことを考えてしまう。

(最近の私、本当にどうしちゃったんだろう……)

生徒たちが「アイドル女教師」「お嬢様先生」と呼んでいることは知っている。

前者についてはありがたいと思うものの自覚は少ない。だが、後者については確かにその通りかもしれないと感じることはある。

両親は共に大学教授。裕福な家庭の一人娘。

子供の頃から、あまり欲望というものを意識したことがない。それは生活の全てに不足を感じたことがないからだろう。

人生に波乱が起きたことなど一度もない。

英語が好きだったし、得意だった。語学力を活用した職業に就こうと思っていると、女子大の恩師が高校教師を勧めてくれた。

五十代になる女性教授は、非英語圏の英語研究で有名だ。美奈子にとってはユニークな視点が興味深く、ゼミに参加していた。

女性教授は、穏やかな口調で美奈子にアドバイスをしてくれた。

「もちろん、高校生たちを鍛えて育てて、うちの大学に優秀な人材を送ってほしいという下心もあるわ。でもね、何より美奈子さんはおっとりとして優しい性格をしているから、きっと思春期の子供を助けてあげられると思うの」

恩師の期待に、自分はこたえているのだろうか。

美奈子は自問する。

就職にあたっては、何の障害もなかった。

教育委員会は大歓迎の意向を内密に伝えてきた。両親と面識のある関係者が幹部にはごろごろしていた。

コネ就職というわけではなかった。美奈子の実力を買ってくれたのだ。

実際、教員になってからも若手教師の中では高い評価を受けている。将来は公務員の立場のまま大学院に進み、さらに高度な英語教育を行えるようスキルアップする計画を検討していると聞かされたこともある。

まさに順風満帆の社会人生活だったが、健太に出会ってから、日常の風景は一変してしまった。

十五歳の少年を見つめただけで、何か強い感情がわき上がり、心がめちゃくちゃに波打ってしまう。

（毎日、健太くんにパンティを見せてる……。女教師が教え子にしていいことじゃないのに、私は聖職者なのに……）

教壇の端に立ちながら、美奈子は少し頬を赤らめる。

自分の全身からあふれる想いを、女教師は分析しようとしたことがある。

例えば、母性愛という言葉。

とにかく困った子供を見ると、助けたくて仕方ない。自分でもそれが正しいのか分からないが、テレビで難民の子供の動画が映し出され、募金を呼びかけられるとすぐに応じてしまう。

健太のことを相談してきたのも恩師だったのだが、外国からひとりぼっちで帰国する少年のことを聞かされると、矢も楯もたまらなくなって協力を快諾した。

そしてホテルのティールームで少年に出会うと、胸がきゅん、とした。

(ど、どうしたんだろう……。私、どきどきしちゃってる……)

目の前にいるのは、まったく普通の少年だった。

だが、美奈子の感性には、ある意味で非凡なものとして響いた。

とにかく内気でおとなしそうで、まさに女教師の母性愛をかき立てられるのだ。

高校教師になってみると、意外に生徒たちが大人であることに気づかされた。もちろん、それは悪いことではない。美奈子はほほ笑ましく思ったり、頼もしく感じたりしていた。

だが、健太の場合は、内気でおとなしそうで、とにかくピュアな心の持ち主だということが一目で分かった。

原因としてはやはり、すれていないということも大きかっただろう。都会育ちの生徒たちと違い、少年はインドネシアの小島で生活してきたのだから。

一流のホテルだから、内装もそれなりに金がかかっている。少年は周囲の光景を不安そうな表情を浮かべて眺めている。母国になじめるか心配なのだろう。

そんな姿を見ると、駆け寄って思い切り抱きしめたくなるが、そんなことをするわけにもいかない。

美奈子は自分の心を押さえつけるが、そうすると、もっとどきどきしてくる。背景として、そんな気持ちがあり、その上でとどめを刺したのは、自分を見つめる少年の視線と表情だった。

激しくまばたきをしたり、目を見開いたり、まったく落ち着かない。そして顔は真っ赤になってしまっている。

（健太くん、私に一目ぼれしちゃったんだ……）

心の中で言葉として呟いてみれば、何だか思い上がっているような気もする。だが、それは紛れもない現実だった。

正直なところ、すごくうれしい。

美奈子は自分の心と直面し、うろたえた。女教師と教え子という関係を無視したとしても、十五歳の少年を「男」として見ているのだ。

しかしながら、これまで女教師は、名誉として受け止めなければならないのだろうが、ある意味では非常に迷惑なものに思えてしまう男子生徒の「評価」にストレスを感じていた。

多くの少年たちが美奈子のルックスを褒めそやす。

それはありがたいことなのだろうが、彼らが本気でないことも事実だった。身近な「アイドル」を持ち上げることで、結局は自分たちの友情を深めるのが目的なのだ。彼らが本当に恋しているのは、同級生の少女たちだ。

また、顔だけでなく、大きなバストにも夢中で言及しているのは、はっきり言って嫌だった。

美奈子は潔癖症というほどではないが、それでも男性の性行動全てを無条件に容認するほどの理解は持ち合わせていなかった。要するに普通の女性なのだ。

道ですれ違いざま、多くの男性が胸に視線を向けてくるのは、やっぱり苦手だった。性格など心のあり方を度外視し、場合によっては顔さえも見ず、ただ体だけに興味を示すのはばかにされているように思えた。

少年たちも、そういう「オヤジ的」なところがある。授業中には、何かにとりやれDカップだ、Eカップだとうるさいことこの上ない。

つかれたようにバストを凝視する生徒もいる。

「先生のバストは、トップが九十五で、アンダーは七十五。Eカップで、サイズの表記はE75になるんですよ」

教壇の上から、静かな口調で生徒に向かってカミングアウトする。

何度、そういう光景を想像したか数え切れない。

あまりに女性を性的な視線で見つめるのは、侮蔑につながることを少年たちに教えたかった。

実際の行動に踏み切ることは当然ながらできなかった。それに、少年たちに対して厳しすぎるかと反省したこともあった。

美奈子は、恋愛もセックスも、あまり経験がない。

男性経験は、たったの一人だけ。

大学時代に知り合った、二歳年上の男子大学生だった。美奈子と同じように裕福な家庭に生まれた、坊ちゃん育ちだった。

それでも、自分の家が金持ちであることを鼻にかけるようなところはなく、誠実で真面目な男性だった。

だが、真面目すぎるのも事実だった。

あまり性欲もないようで、美奈子の体を求めることも少なかった。

まったくの他人に卑猥な視線を向けられると嫌な感じがするのに、つきあっている男性が淡泊だと自分に魅力がないのかと不安になる。

人間って勝手だと思いながらも、恋が深まることはなかった。

大学三年生と四年生の二年間を交際したが、彼氏は商社に勤務し、海外赴任が決まったことをきっかけにして自然消滅した。

(私に自覚がなかっただけで、実は欲求不満なのかな……?)

美奈子の心に不安がよぎるのは、健太の視線にはまったく違う感覚が全身を支配するからだ。

ティールームでも、少年はバストに目を向けてきた。

だが、その動きは、おそるおそるという感じが強い。こんなことをしてはいけないのではないかという悩みも感じられる。

また、性欲が含まれているのは事実だが、そこには賛美も感じられる。

女教師の内面や、ルックスにも感嘆した上で、肉体にも抑えきれない興味を覚えているようだ。

これほど「礼儀正しい」いやらしい視線というのは初めてだった。

美奈子は、どきどきする気持ちを抑えることができなかった。体がかっと熱くなってきて、陰部がほてってくるのがはっきりと分かった。

気がつけば、自宅の隣が空き家になっていることを伝えていた。一緒のマンションに住もうと持ちかけていた。

そんなこと、会う前は考えてもいなかった。まったく衝動的な行動だった。

少年の自宅の合鍵を強引な口実でゲットすると、美奈子の行動は常軌を逸していった。どれほどブレーキをかけようとしても、まったく無駄だった。

初日から隣の家に合鍵を使って入り、ベッドに寝ている少年に心をときめかせながら起こしてあげた。

少年の役に立ちたい、お世話をしたいという情熱は、限界を軽々と突破してレッドゾーンに踏みいった。

（私が一人っ子だから、弟みたいな存在ができてうれしいのかな？）

美奈子は自分に問いかけてみるが、その設問自体が本心を偽るためのごまかしであることは分かっていた。

確かに、自分の全身から沸き上がる「愛情」は、姉や母親の持つものに近い。だが、そこに性的な雰囲気が含まれているとなれば話は別だ。

朝食の席で、箸を落としてしまったのは偶然だった。

少年がテーブルの下に潜ってくれたのも完全な善意からで、反射的な行動に近いはずだった。

なのに、足を開いてしまった。ふとももとスカートに視線が集中していたのに気づくと、体が勝手に動いてしまった。

思いとしては、基本は変わらない。

少年のためなら、何でもしてあげたいのだ。健太は激しい性欲に悩んでいる。自分で役立つことがあれば、いくらでも協力したい。

(健太くん……。これが先生のパンティなんですよ……。ど、どうですか、きれいですか? 興奮してくれますか? 先生にできることは少ないけれど、これで、お、オナニーができるのなら、いっぱいしてください……)

心の中で、淫らなささやきがあふれてくる。

もちろん、女教師はうぶだから、大胆な行動などできない。悩みながら、躊躇しながら、ほんの少し足を広めに開くだけだ。

それでも、パンティのフロント部分に猛烈な視線が浴びせられると、心はぐらぐらと揺れる。自分では認めたくないが、興奮しているのは事実だったし、それ以上に、強い喜びに包まれた。

パンティがじっとりと濡れることも珍しくない。

（やっぱり、私は健太くんのことが好きなのかもしれない……）

今朝、ピンク色のパンティを少年の前に見せつけながら、美奈子は白旗を掲げるような感じで自分の本心と向き合った。

美奈子は、初恋の記憶がない。

小学校の頃から女子校育ちだ。大学生の時に彼氏ができたのも、相手が告白してくれたからだ。

女教師は、自分の心がこんなに震えているのは、少年に恋しているからではないかと考えた。

その息苦しくなるようなときめきは、確かに「初恋」の形容がふさわしい。しかし、強烈な性欲が内包されているのも事実で、そういう意味では「大人の初恋」なのかもしれなかった。

「以上です。投票は来週なので、その時にはまた連絡をします」

選管に選ばれている男子生徒、田中が緊張した声で発言を終え、席に座った。

美奈子は「ありがとう」と礼を言って引き継ぎ、後は簡単な連絡事項を生徒たちに伝えた。

ホームルームはあっという間に終わり、美奈子は教室を出ていくことにした。

だが、次の瞬間、後ろ髪を引っ張られるような苦痛を味わった。

健太と離れたくない。心ではなく体が悲鳴を上げていた。

（どうしよう……。私は完全におかしくなってしまってる……。このもやもやを、どうやって解消したらいいいんだろう……）

美奈子は目をつぶり、苦悶の表情を浮かべながら、振り切るような勢いで廊下を歩きだした。

担任しているクラスは、美奈子だけが英語の授業を受け持つ。コマ数は突出していて、今日も健太の姿を見ることが多い。

自分の理性は、どこまで耐えることができるのだろうか。

（やっぱり、オナニーをした方がいいのかな？）

少年の自宅、その玄関でスカートの奥を見せてしまったことを思いだし、女教師は恥ずかしくなった。

まだ若手教師とはいえ、内面の動揺を外見に表さない方法は学んでいる。

生徒の誰もが、いや、健太であっても、今の自分が何を考えているかは気づいていないはずだ。淡々と足を動かしているとばかり思っているだろう。

だが、美奈子の頭の中では、オナニーの是非でいっぱいになっていた。

エスカレートしていくばかりの行動に歯止めをかけるには、自分の体を自分で慰め、性欲を発散させることが必要なのかもしれない。

それは正論のような気がするが、激しい躊躇を感じてしまうのは、女教師に自慰の経験がまったくないからだ。

幼い頃、股間を机の角などに当てて動かせば、ぼんやりとした気持ちよさを感じることは知っていた。だが怖くなって止めてしまい、それきりだ。

今日も辛い一日になるのは確実だった。

それを女教師は、最愛の少年と隣り合って生活ができるという幸運の代償だと考えることにした。

## 2 押しかけ女房!?

健太は、発狂寸前に追い込まれていた。

月曜日は最悪の時間割だ。午前中の授業のうち、二コマが美奈子の英語。

授業中は片想いの辛さだけでなく、性欲の発露にも悩まなければならなかった。授業が終わると男子のクラスメイトがファッションや巨乳の「品評」に夢中になるのも心を乱された。

そして、女教師の弁当。

美味より、欲望が募る効果の方が高い。箸を進めれば、泣きたくなるほどズボンの股間が膨らんでくる。

頭に浮かぶのは、美奈子の姿と言葉ばかりだ。

女教師の清純さを、健太は誰よりも愛している。だが、時に美奈子の純真さが恨めしく思うこともある。

本人にその気はないのだろうが、健太の性欲をあおってくるような言動が頻発しているのだ。

こうして学校で一日を過ごせば、それだけ休日が近づくことになる。

先週の土日は、最悪だった。

いや、最高の休日とも言えるはずなのだが、とにかく心身ともに疲労してしまった二日間なのは間違いない。

なぜか。

まず土曜日は、美奈子と買い物に出かけたのだ。

バスなどを乗り継いで、かなり離れた都会へ出た。二人っきりでいるところを高校の教職員や生徒に見られないためだ。

そんな「お忍び」気分が、健太の心を激しく震わせる。

ショッピングモールで、二人きりで歩き、さまざまな生活雑貨を購入する。周囲からは、どうして美しい姉と平凡な弟が、これほどまでに仲がいいのだろうかと不思議に思われているのだろうか。

しかし、健太にとってはれっきとしたデートだし、だからこそ、片想いの辛さが身にしみる。

土曜が心にこたえる一日だったとすれば、日曜はまさに体を直撃した。

まだ帰国したばかりで、何も予定を入れずゆっくりとすることになっていた。健太は午前中はテレビを見て過ごしたりしたが、午後からは机に向かった。

長年の海外暮らしは学力に相当な影響を与えている。このままでは、父母が期待しているような大学に合格することは不可能だ。

リビングでこつこつと参考書と向かい合っていると、いきなり玄関のドアが開いた音が耳に飛び込んできた。

（え、ええっ！　美奈子先生が、僕の家にやってきたのかな！）

健太の予想は、完全に的中した。というよりも、合鍵を持っているのは女教師だけなのだから当たり前のことなのだ。

「うわあ、勉強しているんですね。偉いですよ、健太くん！」

美奈子がうれしそうな声を出した。

褒めてくれるのはうれしいが、健太の頭は混乱しきっていた。なぜなら女教師の手はバケツやモップを持っているからだ。

健太の目が点になっているのに気づいたのか、美奈子が「これのことですか？」と掃除道具を持ち上げた。

「お掃除をします。もちろん、健太くんは勉強を続けてくださいね」

ね、と言う時、アイドル教師は小首を少し傾げた。あまりのかわいさに、健太の心は粉々に打ち砕かれた。

これじゃあ、押しかけメイド、いや、押しかけ女房だ！

健太は心の中で絶叫する。うれしいのか迷惑なのかさえ分からない。

女教師はもちろん、メイド服など着ているはずもない。

シンプルなTシャツと、デニムミニスカート。

これが美奈子の普段着であることは分かっていた。だが、こんな格好で掃除をしたらどうなってしまうのか。

健太はごくりと生唾を飲み込んでしまった。

女教師の体をじろじろと見つめることはできない。健太は勉強を再開させたが、それでも目をちらちらと動かしてしまう。

ソファに座り、テーブルに置いたノートにシャープペンシルで書き込みをしていると、美奈子はまず掃除機のスイッチを押した。

背筋を美しく伸ばし、ホースを握って床を綺麗にしていく。

何ということもない光景だが、やはりぐっとくるものがある。Tシャツの膨らみに意識が向いてしまう。

おまけに背中側が向けば、Tシャツにはブラのラインが浮かび上がっていた。

淡いブルー。

とたんに息苦しくなり、なぜか大声で叫びたくなった。

だが、拭き掃除はさらにすごかった。

女教師は床に膝をついた。スカートから伸びるふとももがセクシーだし、両足が開かれているのもインパクトがあった。

（真下から見上げたら、先生のパンティが見えるんだ……）

健太の喉がからからに渇いていると、美奈子はテレビなどが置かれている棚を雑巾で拭こうとした。

たちまち上体が屈み、ただでさえ膨らんでいる巨乳が下を向き、たわわに垂れ下がっていく。

少年は、美奈子先生を性的な目で見ては失礼になると考えていた。

そのはずなのに、そんな禁止事項は頭の中から完全に追いやられてしまい、オナニーをしたくてたまらなくなった。

掃除をしながら、美奈子が楽しそうに話しかけてくる。

「健太くんは、何の勉強をしているんですか？」

「英語です……」

それはうそではなかった。

健太は一応は「帰国子女」になるわけだが、日本に帰ってくると英語の成績がひどいことになっていた。

現地の学校でも英語は習っていたし、父母も教えてくれていた。だが、日本の授業や、特に受験に対応したものではなかった。

すると美奈子がいきなり「だったら先生が教えてあげます！」と言った。

掃除は一時中断となり、美奈子がソファに腰掛けてきた。

隣り合った状態になって、健太の緊張は頂点に達した。女教師から発散される香り、そしてほのかな体温が伝わってくる。

美奈子は、参考書をのぞき込み、うんうん、と頷いている。

そして、まず英文の朗読から始まった。

アイドル教師が先に文章を読み、その後に健太がリピートする。教室でも発音の美しさに感動したことがあったが、これほどの至近距離となれば、その素晴らしさは桁が違う。

美奈子が解説を開始すると、健太は思わず居住まいを正した。

その教え方のわかりやすさは比類がなかった。美奈子には当然ながらファンの生徒が多かったが、実はルックスではなく、その教え方を支持する者が大半を占めていた。

クラスという集団を相手にしてもレベルが高いのだ。それが健太の理解度に応じて進むのだから、英語への苦手意識など吹っ飛んでしまう。

健太は猛烈な集中力で勉強に打ち込んだ。

ところが、数十分もすると、突然に意識が散漫になった。

少年が真面目な努力家なのは間違いない。しかも、この個人授業は愛する女教師が「ボランティア」として始めたものだ。その厚意を無にしてしまうようなことを健太がするはずもなかった。

原因は、ひとえに美奈子のせいだった。

どういうわけか、どんどん体の距離を縮めてくるのだ。

そのことに気づいたのは、女教師から発散されている香りの密度が濃くなったためだった。

部屋に漂う芳香と基本は同じなのだが、より濃密で鮮烈だ。ボディソープの香料や基礎化粧品の匂いも含まれているのだろうが、ベースはあくまでも女教師の体そのものから発散される香りなのは間違いない。

そんな素晴らしい香りが、いきなり濃度を増し、ほとんど暴力的なほどの勢いで健太の鼻孔に飛び込んできたのだ。学習への意識が消滅するのは当然だといえる。

(な、なんで、美奈子先生はこんなに近づいてくるんだ!?)

健太は頭を抱えそうになったが、それを口にすることだけは絶対に避けた。

困り果てていても、この不可解な行動を歓迎する気持ちも強い。変なことに言及し、美奈子との距離が再び広がってしまうことだけは嫌だった。

どきどきしているうちに、美奈子は熱心に授業を続ける。

教室では見たことがないほどの身ぶり手ぶりを交えてくれる。普段の英語教師はもっとエレガントだが、プライベートな空間にいることも影響を与えているのだろうし、何より健太という「劣等生」を教えているのだから、どうしたってオーバージェスチャーになってしまうに違いない。

健太は、もちろん感激していた。

高校教師が、たった一人の生徒のために、ここまで尽力してくれるのだ。たとえ美奈子でなくとも、深く感謝したに違いない。

だが、迷惑ということはないが、非常に困った状況になってしまったことも、また事実だった。

何しろ、目の前で、ブラウスの中で乳房が飛び跳ねてしまっているのだ。

関係代名詞を説明すれば、ぶるんぶるんと揺れる。文型を確認すれば、ゆっさゆっさと震える。

正直なところ、もう勉強どころではなくなってしまっていた。

夕方まで、まさに天国のような地獄のような時間が続き、個人授業が終わった時には神に感謝したほどだった。

そして夕食までのわずかな時間、健太はオナニーに没頭した。いや、食事を終えてからも、ずっと肉棒を握りしめ、精液が空になるまでしごき続けた。

（も、もうダメだ！　限界だ！）

弁当を食べ終えた健太は、心の中で悲鳴を上げた。

学校でもオナニーしなければ、午後の学校生活が破綻してしまうと判断せざるを得なかった。勃起が止まらないのだ。

最悪なのは、午後に体育の授業が予定されていることだ。

学ランの裾でも、半分ほどしか股間を隠してくれないのに、運動用の短パンを着ればまったく無防備となる。男子のクラスメイト全員に膨らみを見つけられることだけは絶対に避けたい。

（とはいっても、学校でオナニーできるところなんてないんじゃないかな……）

考え込んだ健太は、しばらくすると「ああっ！」と叫びそうになった。

真面目な少年には、盲点が一つだけ存在した。

これほどの緊急時でなければ、絶対に思い浮かばなかっただろう。追い詰められたことで自分の限界を超えたのだ。

それは簡単なことで、学校を抜け出して自転車で帰宅するという計画だった。ある種の生徒たちには何でもないことでも、内気で弱気な健太にとっては「大冒険」に等しく感じられた。

健太は素早く弁当をカバンにしまうと、こっそり教室を出た。

できるだけ気配を消すように心がけながら、駐輪場へと向かう。

## 3　ティッシュの匂い

まもなく昼休みになるという時間、美奈子はいきなり学年主任に呼ばれた。

何事かと身構えていると、教育委員会のネットシステムが原因不明のトラブルでダウンしたのだという。

「それでね、メールで届けられない書類があるというんだ。全校が人を出して委員会へ取りに行く必要があるんだけど、午後の授業を調べてみると、ちょうど杉山先生だけが空き時間なんだよ。申し訳ないけど、県庁まで行ってもらえませんか」

急いで戻らなくていいよ、どこかで美味しいものでも食べてきて、とフォローのつもりか学年主任は付け加えた。

貧乏くじを引いた気もしないではなかったが、これも仕事なら仕方がない。

美奈子は昼休みの前に学校を出て、バスなどを乗り継いで教育委員会へ向かった。用事自体はシンプルなもので、やたらと恐縮している担当者からプリントアウトした書類とUSBを受け取るだけだった。

さて、何を食べよう、と美奈子は考えたが、少しのぞいてみると昼時だからどこも混んでいる。

待ち時間が長いほど、ゆっくり食べる精神的なゆとりが消滅する。これならば家に帰った方がよほどいいと思った。

マンションに到着すると、急に心が揺らいだ。

オナニーをした方がいいのだろうかと朝のホームルームの時間に考えたことが、脳裏によみがえったのだ。

どきどきしながら、エレベーターで昇る。

廊下を歩き、健太の家の前に来ると、はっきりと体に異変を感じた。特に股間が燃えるように熱い。

（欲望って、こんなに強いものなんだ……）

美奈子は頬を真っ赤にし、人生で初めて性欲を実感した。

するとたまらなくなり、ポケットから合鍵を取り出すと、すごい勢いで健太の家のドアノブに突っ込み、解錠した。

玄関に入ると、いかにも若々しい、だがある種の「雄」のフェロモンを感じさせる匂いが全身を包み込んだ。

今まではずっと、それを青春の象徴として、非常に好ましく思っていた。若いっていいな、と余裕をもって受け止めていた。

だが、今は違う。

コントロールを失いつつある精神状態が、さらに崩壊へと向かっていくような感じに思える。

しかも、自分の心がばらばらになるかもしれないという予測は、恐怖だけでなく、ある種の甘美な予感に思えた。

つまりは、少年の体臭が媚薬とか麻薬のように感じられているわけで、これは聖職者としてはかなり危険な兆候だと言える。

（一体、どうすればいいんだろう……）

美奈子は困り果てた。

オナニーをするという決断を下したつもりでも、まだ迷いはある。そんなことに耽ってしまっていいのだろうかと考えてしまう。

だが、最大の不安要因は、自分の羞恥心から生まれたものではない。

単純に、やり方が分からないのだ。

まさか子供の時みたいに、股間を机の角に当ててぐりぐりすればいいというものでもないだろう。

美奈子は深呼吸して、健太の匂いを肺の奥深くまで入れてみた。

とたんに、体が震える。妖しい火照りに支配される。

目をつぶると、どきどきしてくる。

このまま、どんどん先に進めばいいのだとは思う。足を開いて、指をスカートの奥に進め、パンティの上からクリトリスを触る。

女教師は、足を開いてみた。

体の震えは激しくなる一方だった。指を股間へ持って行こうとするのだが、がくがく動くのと、途中で意志とは逆らって止まったりするため、非常に時間がかかる。

額に汗が浮かんできて、目には涙がたまっていく。

（こんなに悩んだり、苦しんだりするぐらいなら、いっそのこと、健太くんと結ばれた方が、よっぽど幸せになれるかもしれないのに！）

心の中で叫んでしまってから、自分が発した言葉の意味に気づいた。

教師失格。一体、何を考えているのかとパニックに陥っていると、玄関のドアで鍵が開く音が響き渡った。

（け、健太くん！）

まだ昼休みのはずなのに、どうして帰宅してきたのか。

けがでもしたのかと最悪の状況を妄想してしまったが、次の瞬間、どたどたと廊下を走る様子が伝わってきて、何か別の事態が起きていることが分かった。

教え子がトラブルに巻き込まれているいないにかかわらず、絶対にここにいることを隠さなければならない。さすがに無人の自宅に合鍵を使って忍び込んだことがばれてしまうと、何と弁解していいか分からない。

美奈子は、リビングの隣にある、健太の寝室へ移動した。

ドアを静かに開け、素早く入る。朝、起こしに行く時にも実感することだが、この部屋は少年の匂いが最も濃い形で充満している。

（もし、健太くんが一目散にこの寝室に向かってきたら、どうしよう……）

女教師は困り果てながら、あちこちに視線を向ける。

ベッドの下か、と思った瞬間、リビングのドアが開く音が聞こえた。

それからは、奇跡のような綱渡りが続いた。

美奈子の頭が反射的にひらめいた。理屈ではなかった。直感的に、健太がここに入ってくるのだと分かったのだ。

床にしゃがみ、ベッドの下に潜ったのと、少年がドアを開けたのは同時だった。

ほっとする暇もなかった。とにかく息を止め、じっと少年の動きをうかがう。

女教師の視界は、少年の足を捉えている。

スリッパも履いていないから、相当に慌てているのは間違いない。帰宅許可証を申請していれば、多少の遅刻は認められる。とすると、この焦り方は無断帰宅の可能性を強く感じさせた。それに、めったなことで学校は外出を許可しない。

まして担任の美奈子が留守にしていたのだから、可否を判断する教師が存在しない。

今の状況にぴったりとしたシナリオがあるとしたら、それこそ健太の両親が事故に巻き込まれたとかそういう緊急事態以外に考えられない。

健太の足は、窓の方に向かって歩き、そして途中でぴたりと止まった。

この寝室の構造を、美奈子は思い浮かべる。

ベッドの横と窓サッシの前ということになると、少年の勉強机が置いてあるスペースだ。つまり健太は、勉強机の前に立っているのだろう。

どんな気配でも感じ取ろうと、美奈子が五感を研ぎ澄ました。

するといきなり、ベルトがかちゃかちゃと鳴り、チャックをちゃーっ、と引き下ろす音がした。

そして、ばさりと、学生服のズボンが落下した。

盗み見ている美奈子の目の前で、真っ黒な生地が健太の足首の周りで固まった。

何かズボンが汚れたりして、着替えるつもりなのだろうかと思ったが、健太が足を動かしたりすることはない。

このまま、よちよち歩きをすれば、トイレに向かう幼児のようだ。

そんなばかげた考えが脳裏に浮かび、美奈子が自分を叱りつけようとすると、いきなり「ううう っ！」とくぐもった声を健太が発した。

（け、健太くん！　な、何ですか、今の声は!?　あ、あれって、ひょっとして……）

教え子が漏らした声は、苦痛を感じさせる響きがある。例えば擦り傷に消毒液を塗ったりすれば、あんな風なうめきを漏らすだろう。

だが、美奈子の体が違うと訴えていた。少年はケガなんてしていない。

何よりも、さっきの声を耳にした瞬間、女教師の子宮がきゅんっと疼いた。そして秘裂からは、じわりと愛液が漏れ、マリンブルーのパンティへ染みこんでいく。

「はぁっ、はあっ、あ、ああっ、あああっ……」

まるで追い打ちをかけるように、少年の漏らす声は切羽詰まったものになっていき、その淫らな色はどんどん深まっていく。

(け、健太くん……。い、いやあ……。そんなにエッチな声を出したら、だ、ダメですっ！　先生まで、先生までおかしくなっちゃいます！)

美奈子は、必死で理性を保とうとした。

だが、脳裏には、弟のようにかわいく、息子のように愛情を注いでいる教え子が、肉棒を握りしめている光景が爆発的に浮かんでくる。

性体験の貧弱な女教師は、もちろん男性のオナニーなど見たことがない。

大学時代の彼氏とたまに体を重ねることがあっても、相手の性器には極力、目線を向けないようにしていた。

フェラチオをしたこともなければ、手コキどころか、触ったことさえない。

生真面目な年上の大学生は、おざなりに美奈子の体に愛撫を加えると、性急な動作で挿入してきた。

そして腰を何回か動かすと、すぐに果ててしまった。

終われば、ちょっと自分の早さを恥じるように「美奈子があんまりきれいだから」と呟いた。

心のどこかで物足りなさを感じていたはずだが、それを直視するのは怖くて避けていた。

それに、彼氏が興奮の極みに達しているのは、何となくではあるが伝わっていた。

だからうそをついているとは思えず、やっぱり自分には魅力があるんだと妙な誇らしさを覚えていたのも事実だ。

いずれにせよ、美奈子が頭に描いていた健太のオナニーは、どこかぼんやりとしていて、少年の体や性器の輪郭は不明瞭だった。それこそ女教師は、男性が肉棒を握りしめる時に利き手を使うかどうかさえ自信がないのだ。

しかし、圧倒的な興奮が、全身を包み込み、理性を溶かしているのは明らかだ。

美奈子は顔を赤く染め、瞳を潤ませ、酔ったような表情を浮かべていた。

両手を組んで握り、それをカーペットの上に置いている。そして、美奈子の股間は、その両手の上に乗っていた。

フレアスカートとパンティの生地に隔てられているとはいえ、手のひらはしっかりと足の合わせ目に密着している。

英語教師は無意識のうちに、腰をくいっ、くいっ、と動かした。

すると両手が、美奈子の秘部、それもクリトリスが膨らんでいる辺りをソフトに刺激した。

つまり美奈子は、幼いとき偶然に発見してしまった「机の角による刺激」を再現していたのだ。

この場合、机の端は、美奈子が組んだ両手が担当することになる。

たぶん、自分の女友達に「こんな風にしてオナニーをしちゃった」と告白すれば、あまりのおとなしさにばかにされるだろう。

何となく、そういうものだとは分かっていた。お嬢様大学の卒業生とはいえ、多くの友達が複数のセックスフレンドとつきあっていたり、過激なバイブを購入したりすることは伝わっていた。

だが、そうだとしても、今の愉悦まで否定することはできなかったし、そのつもりもなかった。

女教師はいつの間にか、腰を回転させることを覚えていた。

（あ、ああっ！　健太くんの声を聞きながら、恥ずかしいところをぐりぐりすると気持ちよくてたまりません！　健太くん、エッチなことをしている先生を、どうか許してください！）

心の中で教え子に向かって謝るが、それがポーズに過ぎないこと、いや、自分の興奮を高めるためのものであることを美奈子は自覚していた。

今の自分はむしろ、性に奥手過ぎるのが問題なのだし、多少は淫らな方が少年が喜ぶことも分かっていた。

問題があるとすればただ一つ、教え子への性欲は、法律的にも倫理的にも許されないということだけだった。

しかし、そんな自覚は、何の役にも立たない。

美奈子は、健太の「はあっ、はあっ」と繰り返される激しいうめき声とリズムを合わせながら、腰を動かし、自慰の快感に没頭していく。

気がつけば、優美なフレアスカートはヒップ側がかなりめくれ上がってしまっていて、マリンブルーのパンティが半分ぐらい顔を出していた。

また、Eカップの巨乳も乳首が勃起しており、体をくねらせれば、勃起している乳首が少年の寝室に敷かれたカーペットと擦れ合って、たまらなく気持ちいい。

(私、こんなにエッチじゃ、教師失格になっちゃいます！　助けてください、健太くん、お願いだから、もうこれ以上、先生を興奮させないで！)

敬虔な祈りのような真剣さで、必死に美奈子は願いを込めるが、残酷なほどのタイミングで健太が絶頂へと達していく。

「み、美奈子先生、あ、ああっ、い、イッちゃいます、大好きな先生のことを考えながら、僕は……。ああっ、い、イク、で、出る、出るっ！」

自分の名前を呼ばれた瞬間、女教師の頭は真っ白になった。

両足をきつく閉じ、クリトリスを手に押しつけるようにすると、ぴくぴくと体を痙攣させる。

瞳を閉じ、頬を紅潮させ、幸福そうな表情を浮かべる。

美奈子は、肉体的なレベルなら、エクスタシーに上り詰めたわけではなかった。

だが、精神的には高みに押しやられていた。いわばバーチャルな絶頂だった。

夢の世界と現実をさまよっているが、五感は失われていない。少年が「ううっ」と低い、押し殺した声を漏らし、射精の余韻に浸っている状態や、ボックスティッシュを引き抜いて肉棒を拭いている様子が伝わってきた。

それから、少年はあっという間に自宅を出て行った。

女教師は、ぼんやりとしていた。ふらふらとなりながら、何とかベッドの下からはい出した。

健太が、オナニーをするために学校を抜け出したことは明らかだった。不思議だったが、それは泣きたくなるほどの感動を美奈子にもたらした。

机の前に立ち、ごみ箱を見る。

丸められたティッシュが、捨ててある。

震える手で、美奈子はそれをつかみ、鼻へと持って行く。まだ充分に近づいていない段階で、臭いがいきなり漂ってきた。

紛れもなく、生命の源泉を感じさせる、力強い香りだった。これまでには不快感を覚えたことさえあったから、その変化に女教師は驚いた。

(私、健太くんの精液は、大好きになれるんだ……)

うっとりとしながら、美奈子は鼻にティッシュを押し当てる。

くらくらとして、心がとろけた。

次の瞬間、ヴァギナから大量の愛液が溢れ、パンティはぐしょぐしょになってしまった。子宮は燃えるように熱い。

十五歳の教え子。その肉体を手に入れなければ、生きていけなくなるのも時間の問題だった。

女教師は、少年が使っている椅子に座り、しばらく思考に没頭した。

オナニーを続ける気は失われていたが、それでもティッシュはずっと鼻から離そうとしない。

夢中になって解決策を考えているうちに、名案がひらめいた。

美奈子はしばらくの間、アイディアに問題点がないか何度も考えてみたが、どこにもおかしなところはなさそうだ。

一人で頷いてから、携帯電話を取り出す。

住所録を呼び出し、ある店舗を選択すると発信ボタンを押した。

# 第三章　先生は僕を淫らに誘う

## 1　メール

放課後。

健太は駐輪場に向かって全力でダッシュしていた。

考えてみれば、昼休みもこんなことをしていた。あまり体力がある方ではない。もうくたくたになっていてもおかしくないのだが、今は信じられないほどのパワーが、体の奥底からあふれてくる。

(み、美奈子先生の自宅に入ることができる！　それも一人っきりで！)

今からおよそ十五分前、帰りのホームルームが始まる直前、健太の携帯にメールが届いた。

誰だと思って画面を見ると、何と愛する女教師が送信してきたものだった。

びっくりして文面に目を走らせると、さらに驚いた。

メールは「健太くん、おつかれさま」で始まり、「申し訳ないのですけれど」と健太を気遣いながら、ある「お願い」を依頼するものだった。


「今日の夕方、先生の家にランジェリーショップから商品が配送されるんですが、時間指定を間違えてしまいました。本当に悪いのですけれど、先生の代わりに受け取ってもらえないでしょうか？　宅配便なら再配送をお願いすることもできますけれど、店員さんが直接、持ってきてくださるので、留守にするのはちょっと悪い気がするんです。健太くん、どうか先生を助けてください。鍵はポストに入れておきます。先生の家に入って、店員さんが来るのを待っていてください」


読み終えると、全身に鳥肌が立った。

それから何度も読み返した。女教師の頼みが信じられなかったからだ。読み間違っていないかと自分を限界まで疑ったが、何も問題はなかった。

ホームルームは、完全に上の空だった。

美奈子に猛烈な片想いをしている健太にとっては、極めて珍しいことだ。

いつもなら、熱い視線を女教師に浴びせ続ける。たまに目をそらしたり、顔を下に向けることはあるが、それはあまりにも見つめすぎている自分を反省するからだ。

そわそわと落ち着かない。思わず貧乏揺すりをしてしまう。これも健太には珍しい行動だった。

愛する担任教師が「これで終わります」と告げると、日直が号令をかけた。

起立、礼で、教室の雰囲気は一気に緩んだ。

部活の準備を始める者、友人との立ち話に興じる者、帰りにどこの店に寄るか打ち合わせをする者などでごった返す。

まだ、誰も教室を出ようとしていないにもかかわらず、健太は風のような勢いで廊下へと出た。

必死に走り、駐輪場でもどかしさを感じながらロックを解除し、またがると全力でペダルをこいだ。

あっという間に学校から遠ざかり、健太はマンションに帰った。一日に二回、下校するというのは、たぶん、もう二度とない珍現象だろう。

エントランスに足を踏み入れると、まっしぐらに郵便ポストに向かう。

震える手で開けてみると、鍵はどこにもない。

健太の顔は真っ青になった。携帯を取り出し、女教師のメールをチェックするが、自分の理解は間違っていない。

ということは、美奈子がミスをしたのだろうか。

それならばそれで仕方ないが、人生最大の幸運を逃してしまうことになる。自分のせいではないとはいえ、悔やんでも悔やみきれない。

健太は自分でも信じられなかったが、目から涙が漏れだした。

（やっぱり、僕にそんなラッキーなことが起きるはずがないんだ……）

激しく落ち込み、思わず足の力が抜けた。

がっくりと崩れ落ちるような体勢になると、健太は開いたポストを下から見上げる格好になった。

いきなり、全身に強い衝撃を感じた。

ポストの上側で、何かがきらりと光ったような気がしたのだ。

夢中になって手を伸ばすと、間違いなかった。女教師は安全のため、鍵をテープで貼りつけていたのだ。

再びエネルギーがよみがえり、健太は乱暴に鍵をむしり取った。

エレベーターに飛び乗ると、学生服のズボンは股間がどんどん膨らんでいく。いつもなら自己嫌悪に陥るところだが、今の健太は夢見心地だ。

五階に到着すると、廊下を走る。そして女教師の家の前に立った。

なぜか呼吸を止め、全神経を鍵穴に集中させた。

銀色の鍵を差し、ゆっくりと回す。

かしゃん、という音は、健太の心に突き刺さった。

おそるおそるドアを開けると、いつもの芳香が外に流れ出した。確かに、いつもどきどきしながらこの匂いを堪能している。だが、今は感動の桁が違う。

ひとりぼっちで、自宅の主がいない状態で足を踏み入れるということが、とんでもなく特権的なことに思われる。

それは、たとえ女教師への想いが成就しなくても、少なくとも生徒の中では「オンリーワン」になれたことを意味するように思えた。どこの学年、どこのクラスに、アイドル教師から下着の受け取りを頼まれる者がいるというのか。

そうしたロマンチックな気持ちも強いが、もちろん欲望も渦巻いている。

美奈子の自宅で、心置きなく肉棒を勃起させることができる開放感は比類がなかった。あれほど嫌っていた自分の性欲が、今では何だか楽しいもののようにさえ感じてしまう。

健太はダイニングを抜け、リビングに入る。

そして、急に足を止めた。

さっきまでの高揚感は消え去り、激しい緊張に襲われた。本当に額から汗が流れ、手足が震えるほどのストレスに包まれた。

目の前に、寝室につながるドアがある。

いつも入ることを許されている空間ではなく、秘密の場所があることに思いが至っていなかった。

（あの扉を開ければ、美奈子先生が毎晩、寝ている場所に行けるんだ……）

少年は息をのんだ。

頭の中では、ぐるぐると葛藤が巡っている。

悪者キャラは「リビングと寝室のどこが違うんだ。入っちゃえ！」とそそのかしてくるし、善者キャラは「大好きな美奈子先生のプライバシーを侵害しちゃいけないよ！」と必死に引き留める。

だが、まさにパターン通りというべきか、健太も自覚はしていたが、あっさりと悪者が勝利を収めた。

目をつぶり、犯罪に手を染めるような悔恨を感じながらも、健太はドアの前に立つとノブを回した。

扉が開いた瞬間、圧倒的な芳香に包まれた。

家庭教師をしてもらった時、美奈子の体の匂いを感じ取ったが、それに近い濃厚さに思えた。

学生服のズボンの中で、十五歳の肉棒が、ぴくん、ぴくん、と震える。

トランクスが、ほんの少し濡れたような気がした。先走りが亀頭から溢れてしまっているのだろう。

意外なほど、内装は健太の部屋と変わらない。

まず目についたのは、ベッド、勉強机。本棚だった。

シングルベッドは全て上品なアイテムでまとめられている。無地だが高級そうな枕カバー、シーツ、そしてブランケット。

勉強机はシンプルなデザインで、その上にはパソコンが置いてある。ウインドウズではなくマッキントッシュだった。

本棚は、まさに圧倒的だった。

ずらりと英語の書籍が並んでいる。やはり美奈子の分かりやすい授業が豊富な学識に支えられているのだと一目で分かる。

だが、少年の「真面目」な感想はそれまでだった。

本棚は収納スペースの近くにあるのだが、その隣に、ひっそりとした印象で、ある家具が設置されていた。

健太は何度もまばたきをして確かめたが、どう見てもチェストだった。

(ひょっとすると、この中に先生のシャツとか、し、下着とか……)

チェストの棚は、全部で三つあった。

最上部を引いてみると、Tシャツが入っていた。女教師の濃密な匂いが立ち昇り、健太の頭はくらくらした。

そして、いきなり二つ目はブラジャーで埋め尽くされていた。

健太は思わず「あああっ!」と絶叫してしまった。

凄まじい衝撃だった。色は純白と、濃淡のあるピンク、そしてマリンブルーなどで、いずれも清楚な印象を与えるものばかりだった。

(こ、このブラジャーに顔を押し当てたい!)

少年の欲望は、頂点に達した。

自分が変態になってしまうという畏れと、位置が変わってしまったら発覚してしまうのではないかという恐怖から、かろうじて健太は行動を自制した。

だが、もちろん悔しさも感じている。

震える手で二段目を閉め、次は三段目に取りかかる。

多少は予想できていたが、やはり後頭部を殴られたようなショックを受けた。呼吸ができず、叫び声を上げることすら不可能だった。

やはり、パンティが並んでいた。

色はブラジャーと同じ。小さく折りたたまれ、整然と並んでいる。

こんな「宝の山」を目の前にしながら、オナニーを我慢しなければならないのは苦痛の一言に尽きた。

しかし、さすがに、葛藤が生まれることはなかった。どんなに大胆な悪者キャラでも、そこまでそのかすことはなかった。たとえティッシュを何枚も重ねたとしても、半端のない射精の勢いは紙を突き破ってしまうだろう。

そうすれば精液がカーペットに落ちてしまう。匂いが部屋にこもってしまう危険性が頭から離れない。

しかし、女教師のランジェリーを見つめ続けることは、もう拷問に等しかった。健太が困り果てて天を仰いでいると、救い主が現れた。

ぴんぽーん、とチャイムの音が鳴り響いたのだ。健太は慌てて寝室を出て、ダイニングにあるインターホンを取った。

「ランジェリーショップ『ソレイユ』です。お届け物に上がりました」

「ちょ、ちょっと、お待ちください」

健太の声は興奮にかすれてしまっていた。自分がどれほど正常な状態ではなかったかを思い知らされ、恥ずかしくなって顔が赤くなった。

玄関のドアを開けると、若い女性が立っていた。

年齢は二十歳ぐらいだろうか。ルックスは普通だが、明るい表情が魅力的だ。

女性店員は、少年が出てきたのに少し驚いたようだったが、弟か何かと誤解してくれたのだろう。はきはきとした口調で「杉山さんですか？」と聞いてきた。

健太は緊張しながら「はい」と答えた。

「それでは、こちらが商品になります。ご確認をお願いします」

真っ白な箱を突きだし、女性店員は蓋を開けた。

視界に飛び込んできた光景に、健太は腰が抜けそうになった。うわああっ、と叫ばなかったのが本当に不思議だった。

ブラジャーとパンティが、目の前に迫っていた。

(こ、これを、こ、こんな下着を、美奈子先生が注文したんだ！)

健太は目を大きく見開く。

色は完全な純白。

だが、光沢がかなり豊かで、これまで健太が見てきた女教師の下着とは雰囲気が異なっていた。確かに清純派の枠内にはとどまっているのだが、やっぱりアダルトな印象を受ける。

そして、ブラには肩ひもがない。

つまり、∞の形をしているのだ。左右のカップの部分は、半分ぐらいしかない。健太は夢で見たバニーガールの胸元を思いだした。このブラジャーを女教師が着れば、胸の谷間は相当に露出してしまうだろう。

それだけでもすごいのに、パンティに至ってはそのデザインが現実のものとは思えなかった。

形はT。

健太が見ているのは前側だから、これに名称を与えるとしたらハイレグパンティということになる。

まさに鼻血ものだが、健太の思考はさらに進む。

（前がこうだということは、ひょっとすると後ろも……）

どうしたって、Tバックである可能性を考えてしまう。これもバニーガールと比較すれば、あのコスチュームより急角度なのは間違いなく、夢よりも現実の方が過激だということになる。

呆然と見つめていると、女性店員が何と確認を求めてきた。

「お客様のご注文は、ブラはEカップのストラップレス。パンティはTバックのセットになります。よろしかったですか？」

健太は視線を女性店員に戻した。

よろしかったですか、という日本語は何か問題があるとかないとか、そんなことをテレビで言っていたことを思いだした。

まったく今の状況とそぐわないことを考えてしまうのは、あまりにショックが大きいからだ。

ただ、店員に返事をしなければならないことは分かっていた。

頷くのが、精いっぱいだった。

女性店員は微笑すると、箱を健太に手渡す。そして書類にサインを求めてきたので、健太はペンを受け取って記入した。文字は激しく震えていた。

「ありがとうございました！」

女性店員は、やはり明るい声と態度で礼を言うと、爽やかな動作で去っていった。

健太は、できの悪いロボットのようにぎくしゃくとした態度で、玄関のドアを閉めた。そしてリビングに出ると、ソファテーブルに箱を置いた。

朝にオナニーをして、昼にもわざわざ学校を抜け出して射精したのに、股間は再び猛烈な勢いで勃起していた。

泣きたくなりそうになりながら、健太は三回目のオナニーをしなければならないと考えた。

女教師の合鍵を使って玄関のドアを閉め、自分の鍵で自室に戻るという手順を確認する。どれほど根がスケベであっても、やはり律儀で真面目な少年なのだ。

## 2 お風呂の隙に

夜の七時。

健太はテレビを見ていた。チャンネルはＮＨＫなので、ニュースが流れている。美奈子の自宅。リビングのソファに座って、ただ画面を見つめていた。

本当なら、民放のバラエティ番組を見たい。女教師がもうすぐ帰宅する。ニュースにチャンネルを合わせていたら、見えを張っていると笑われるかもしれない。

だが、健太は切実な理由から、公共放送を選択したのだ。

少しでも真面目な雰囲気にしておかないと、再び肉棒が暴れ出してしまう気がする。

政治や経済、事件の報道は、健太にとっては理解できないものも多い。自分の頭脳に問題があるのだろうし、それに、日本のことをあまり知らない。

理解できないテレビを見ていれば、自分がダメな高校生のように感じる。すると、興奮や性欲を遠ざけることができるのだ。

男性アナウンサーがよどみなく原稿を読み上げている。

(何か、頭がよさそうで、うらやましいな……)

インドネシアでは感じたこともなかった憧れが心に生まれるのを感じていると、玄関のドアががちゃがちゃと音をさせた。

美奈子先生が、帰宅した。

そう思うと、なぜか健太の背筋が伸びる。目はテーブルの上に置いてある箱に向かってしまう。

「ただいまー！　健太くーん！」

玄関から美奈子が声を張り上げる。とても珍しいと思っていると、廊下を走ってくる音も聞こえてきた。これも、一週間の「お隣生活」で初めてのことだ。

がちゃ、という音はダイニングのドアが開いたのだ。健太はさらに背筋を伸ばし、まったく変な姿勢になってしまう。

いよいよ、健太の視界に入っているドアが、ばん、と開いた。

「健太くん、今日は本当に、本当に、ありがとう！」

美奈子の服装は、当然ながら学校の時と変わらない。ただ、登校時と違うのは、紙袋を一つ手にしていることだ。

走り寄ってくると、箱を手にする。

「うわあ、ちゃんと受け取ってくれたんですね。助かりました！」

はじけるような笑みを浮かべ、健太に向かって首を少し斜めにする。

(うわああっ！　か、かわいすぎます、美奈子先生！)

健太は、もうどうしたらいいのか分からない。

本当であれば、何か犬にでもなって、わんわんとほえながら部屋中を走り回れたらどんなにいいだろうと思う。

しかし、人間である以上、きちんと返事をしなければならない。

必死に心を平静にして、「こんなことなら、いつでも、おやすいご用です」と言ったのだが、「おやすいご用」というのは死語ではないかと不安になった。

とにかく、まったく普通の精神状態ではないのだ。

混乱の極みに追い詰められている健太に、美奈子はさらに追い打ちをかける。

「どうですか、似合いますか?」

女教師は言うと、箱を体に当てたのだ。

「み、美奈子先生!」

さすがの健太も、思わず叫んでしまった。

箱の中には、ブラジャーとパンティがきちんと上下に配置されている。

だから、パンティは美奈子のウエスト部分で重なっており、まるでミスした合成写真のようだが、ブラの部分は意外にシンクロしてしまっている。

もちろん、箱という余計な「画像」もあるし、何より装着前のブラジャーは小さくなっているから、縮尺も完璧に間違っている。

とはいえ、どれだけできの悪い合成であっても、アイコラ的な効果をもたらしたのは間違いない。それに、健太の妄想力は、自然と「補整」を行ってしまった。

清純派の女教師が、そのイメージを壊さないぎりぎりのセクシーな下着を身にまとっている光景が、あっという間に脳裏に浮かぶ。

肩ひものない、ぐるりとバストを回るだけのブラジャーをつけ、豊満なEカップは半分しか隠されていない。

そして、股間にはT字のホワイトが、光り輝いている。

あまりにものすごく、健太の頭はくらくらとした。才能のないボクサーが、試合でめった打ちにやられているような状態に陥っていると、美奈子の美しい声が耳に届いてきた。

「これから夕食を作りますね。おなかへったでしょ？　すぐできますから、もうちょっとだけ待っていてください！」


それから約三十分後。

健太は相変わらず、リビングのソファに座っている。

この一週間、夕食はダイニングのテーブルで共にしてきた。だから、このシチュエーションは初めての経験だ。

美奈子が「たまにはテレビを見ながら食べましょうか」と言ったのだ。健太としては拒否する理由はなく、こうしてずっとテレビを見ている。

画面は、まだニュース番組だ。正確に言えば、七時三十分から別のプログラムになり、キャスターも男性から女性に変わった。内容も報道っぽいニュースではなく、ミニドキュメンタリーのようなレポートになった。

「できましたよ。バジルソースのパスタです」

美奈子が二枚の皿を両手に持ってきて、健太は慌てて背筋を伸ばした。

「簡単なもので、ごめんなさい。でも、スピードが大事だと思ったんです」

申し訳なさそうに言う女教師に、少年は慌ててフォローする。

「そんなことはないです。とってもおいしそうです」

すると美奈子は「ありがとう」と返したが、それから不思議そうな顔をしてテレビの画面を見つめた。

「何か事件でもあったんですか？」

「えっ!? 事件って一体……？」

「ニュースです。テレビですよ」

「い、いえ、別に大したことはないです……」

内容をまったく把握していなかったから、健太の答えはしどろもどろだ。

本当に見ていたんですか、などと、美奈子が突っ込もうと思えばいくらでもできたはずだが、女教師は「そうですか」と流してくれた。

「温かいうちに食べましょう」と楽しそうに言う。

ソファに並ぶのは、日曜の個人授業以来だ。あの時は健太の自宅だったが、今は美奈子の自宅なので、さらにどきどき感が増す。

しかも、女教師が学校にいた時と同じ服装をしているというのも、非常にレアなケースだった。

健太の心は、片想いのときめきと、性欲のどきどきで埋め尽くされる。

これ以上、思考と感覚が暴走してしまうと、股間が膨らんでしまう。少年は祈るような想いで無心を心がけ、ひたすらフォークを動かし続けた。

皿に美しく盛りつけられた、緑が映えるパスタが半分ほどになった頃、健太はやっとのことで異変に気づいた。

会話が、まったく行われないのだ。

美奈子も、無言でフォークを動かしている。これまではいつも、学校のことや久しぶりに帰ってきた母国の印象などを質問されてきた。

（先生、一体、どうしたんだろう？……）

ちょっと表情を盗み見てみたが、テレビを興味深そうに見つめていて、表情は普通だ。硬いところなど皆無だから機嫌が悪かったり、悩んでいたりするわけではないようだった。

結局、二人は一切の会話を交わさずに、パスタを食べ終えた。

それからは一緒に皿を洗う。

キッチンに並んで立っていると、美奈子が訊いてきた。

「これから健太くんは予定がありますか？」

「いえ。何もないです」

健太の視界は、皿やスポンジ、流れる泡だけを捉えている。だが、意識は常に女教師の体へ向いていた。

「ねえ、健太くん」

「は、はい。美奈子先生」

「先生のおうちで、シャワーを浴びていきませんか？」

あまりに唐突な申し出に、健太は「ええっ」と口走ってしまい、そのまま固まってしまった。

すると、美奈子が面白そうに「どうしたんですか？」と言い、顔をのぞき込むようにしてくる。健太は「いえ」と答えたが、顔が真っ赤になってしまった。

美奈子は微笑を浮かべながら、説明をしてくれる。

「今日ね、とっても素敵なシャンプーとコンディショナーを見つけたんです。健太くんも使ってみて、感想を聞かせてほしいなって思って。もし気に入ってくれたら、今後はそれにしようかなって」

健太は、自分を恥じた。

シャワーを浴びるという言葉から、何か性的なイメージを連想してしまったのだ。

（スケベすぎるにも、ほどがあるぞ！）

清純な女教師を侮蔑してしまったような申し訳なさを感じ、健太はむしろ積極的に快諾することにした。

「分かりました。今夜は、先生のお宅でお風呂を借ります」

「遠慮しないでくださいね。酷評してもいいんですよ」

「はい。そうします」

少年は、急に元気になった。

これまでずっと、女教師のことを、尊敬するか、片想いするか、もしくは激しい性欲をぶつけるしかできなかった。

だが、今回、初めて少年は女教師の「役に立つ」かもしれないのだ。

食器を洗い終わると、健太はバスルームに向かった。

そうすると、股間にも力がみなぎってくる。元気になると、股間にも力が沸き上がるというのは頭が痛かったが、今回は大目に見ることにした。

ダイニングから玄関に向かうドアを開け、三和土の手前で左側にあるドアのノブを回すと、健太の視界に洗面台が入った。

健太の自宅と、寸分変わらない配置だ。

真正面が洗面台。右側がトイレで、左側がバスルーム。間取りが同じなのに、歯ブラシや歯磨き粉のブランドが違うため、まったく違った印象も受ける。それがとても不思議だった。

何より、もっと女教師のプライベートを垣間見たことになる。

そして健太の視線は、洗濯機に吸い寄せられた。

（あそこを開けると、ひょっとすると先生の下着が……）

健太は、ごくりと生唾を飲み込む。

蓋を上に持ち上げたい。中に何が入っているかチェックしたい。

チェストの中をチェックしたが、あっちは洗濯済みだ。しかし、当然のことながら、こちらには女教師がはいたままの状態のものが入っている可能性がある。

猛烈な欲望が吹き上がるが、健太は必死に耐えた。それでも、美奈子の洗濯物が間近にあったり、それこそ自分と同じように裸になったりしているのだという思いは異常な興奮をもたらし、肉棒ははち切れそうになっていた。

風呂場に入ると、息が詰まった。

やはり、かなり洗い流されているとはいえ、ほのかに女教師の匂いが漂っている。しかも、それは裸から放散されたものが残っていることになるのだから、健太の興奮は頂点に達する。

シャワーのコックをひねり、温かいお湯を浴びる。

精神を統一し、性欲を頭から、いや全身から追い出そうとする。

そのためにも、美奈子が買ってきてくれたシャンプーを見るのが一番だ。視線を向けてみると、ファッショナブルなデザインの容器に入れられていて、コンビニやスーパーに置いてあるようなものではないということになった。

美奈子が帰宅したとき紙袋を持っていたが、あの中に入っていたのだ。

(僕は、絶対に美奈子先生の役に立つんだ)

固く決心すると、精神的なレベルでは性欲を忘れることができた。だが、肉棒の勃起は一向に止まらず、亀頭は腹部にくっつきそうなほどの猛角度になっていた。

## 3 マッサージ

美奈子は、ソファで健太を待っていた。

テレビのチャンネルは変わっていない。九時を過ぎたから、番組は再びニュースになっている。

男女のキャスターが並び、政治問題について喋っている。

画面を見ているようで、実は意識はまったく向かっていない。これから自分は何をするべきか、必死で考えている。

すると、がちゃりという音が聞こえ、美奈子は体をぴくん、と震わせた。

健太が戻ってきたのだ。

おそるおそる、という感じで、健太は「あの、ドライヤーは?」と聞いてきた。美奈子はちゃんと用意していたので、手で高く持ち上げた。

「ここにありますよ。コンセントもソファの近くです」

少年はもごもごと「ありがとうございます」と礼を言い、美奈子の隣に座った。

すると、次の瞬間、美奈子の股間が甘く疼いた。

（ああっ……。ど、どうしよう、健太くんが近くに来るだけで、体が反応するようになっちゃった……。女教師なのに、聖職者なのに……）

ぶおーん、とドライヤーの音が部屋に響く。ちょっと大きめの声で、美奈子はシャンプーの感想を聞いてみた。

全身全霊を賭けた勢いで、健太はしゃべり出す。

普段は無口な少年の懸命さが、美奈子の心を直撃する。うん、うん、と頷きながら耳を傾けた。

要約すると、健太は絶賛していた。香りがとてもよい、とも言った。

女教師は少年のひたむきさに、心の中で深く感謝する。だが、ここで終わらせるわけにはいかない。

教え子は、学生服のズボンとシャツを着ている。髪が乾けば、隣の自宅に戻ってしまうだろう。

今はまだ、帰らせるわけにはいかない。

美奈子は、ゆっくりと手を肩に回して揉み始めた。すぐに少年が反応した。

「どうしたんですか、美奈子先生？」

「理由はよく分からないんですけど、肩とか凝っちゃったみたいなんです。とっても痛くて……」

「そ、そうなんですか……。た、大変ですね……」

健太はちらちらと、美奈子の胸元に目を向けてきた。

右手で左肩を押しているから、腕がバストに当たって埋もれている。少年としては気になるのだろう。

乳房に熱さを感じ、女教師の子宮が、ずきん、と疼いた。

（先生、きっと健太くんに飢えてるんですね……）

自分の本心を見つめながら、美奈子は「痛たっ！」と演技を続ける。たちまち健太は慌てた。

「先生！　ぼ、僕でよければ……。あ、あの、その、ま、マッサージをすることもできますけれど……」

「本当ですか、健太くん!?　うわあ、凄く嬉しいです。ありがとう！　本当に悪いんだけど、甘えちゃっていいですか？」

「も、もちろんです。先生には、と、とてもお世話になっていますから」

美奈子は感激した表情を浮かべているが、もちろん演技だ。少年に「マッサージをしましょうか」と言わせたかったのだ。

女教師は少年に笑顔を見せながら、次のステップに移る。

「じゃあ、お風呂に入ってきます。ちょっと待っててくれますか？」

「お風呂!? え、ええっ！ ど、どうしてですか!?」

「体をできるだけほぐしておきたいんです。お風呂で温めておくと、健太くんのマッサージの効果が何倍にもなると思います……。駄目ですか？」

「い、いいえ、とんでもありません」

小首を傾げて訊ねてみれば、あっさりと健太は疑問を撤回した。

美奈子はどきどきしてきた。楽しくて仕方ない。従順な少年と戯れるのが、これほど素敵なことだとは思ってもみなかった。

「じゃあ、リビングのソファで待っててくださいね」

そして、健太の努力をねぎらうため、さらに一言を付け加えた。

「これからはあのシャンプーとコンディショナーを買います、健太くん」

できる限り優しい声で告げると、健太は頬を紅潮させながら首を縦に振った。そのあまりの素直さに、美奈子の体はとろけそうになった。

いそいそとバスルームに行き、全裸になってシャワーを浴びた。適温の湯がバストを流れていく。

乳首は勃起している。

（とにかく、健太くんは性欲に苦しんでいる。それを助けてあげたい……）

自分に言い聞かせてみたが、次の瞬間に、今の言葉の半分はうそだと思った。

健太が自分への欲望に苦しんでいるのは事実だ。だが、それを美奈子が「助ける」というのが間違っている。

なぜならば、美奈子も性欲に苦しんでいるからだ。十五歳の教え子と結ばれたくて仕方がない。

だから健太が自分に襲いかかってくれれば、それは自分が「助けられる」ことを意味するのだ。

もう、弟や息子のような存在ではなかった。いや、そういう側面が残っているのは事実だが、美奈子にとって健太は一人の「男」だった。少年の彼女になりたい。

そのために、計画を練ったつもりだった。

少年のオナニーをのぞき見し、自分もクリトリスを刺激して精神的な絶頂に達した。美奈子はランジェリーショップに電話をして注文し、健太に「配達時間の指定を間違えた」とうそをついて受け取らせた。

いずれも、少年の性欲を限界まで高めるためだ。

これから美奈子がしなければならないことは、健太に寝室をのぞかせることだ。

そして、ベッドでオナニーに耽っているところを堪能させる。

ここまでは、きちんと計画することができた。そのためのステップも着実に消化している。

しかしながら、その後が分からない。

美奈子の限界は、少年、いや、男性の心理が分からないことだ。自分がどれだけ恥ずかしく、淫らな姿を見せたとしても、がっかりされたらどうしようという不安が離れない。

仮に興奮してくれたとしても、少年は内気でおとなしい。のぞき見をすると、そのまま自宅に戻ってオナニーに耽るのかもしれない。

女教師の計画は、自分の体を自分で慰めている姿を見れば、教え子の少年が襲いかかってきてくれるという前提に成り立っている。

その前提が崩れれば、全ては失敗してしまう。

だったら、自分から襲いかかればいいではないかという指摘が出るのは当然だ。美奈子の中に潜む「もう一人の自分」もそれを主張してくる。

（だ、ダメよ、私は女教師なんです。そこまではしたないことは、してはいけない、許されないことなんです！）

自分に向かって悲鳴を上げながらも、美奈子はボディソープをブラシにつけ、入念に体を洗いだした。

今夜は自分だけの体ではないかもしれない。

そんなことを美奈子は考え、自分の願いが現実のものになってほしいと心の底から願った。

バスルームから出た時には興奮で足がふらついてしまった。

女教師は深呼吸をしながら着替える。

シルクパジャマの上下は、シャツとパンツの組み合わせだ。そして、下着は身につけなかった。正真正銘のノーパン、ノーブラだった。

最後に眼鏡をかけると、リビングに出る。

近づいてきた気配に、ソファに座っていた健太は顔を上げ、そして凍りついた。

（ああっ……。き、きっと、先生のおっぱいがぶるん、ぶるんって揺れているんですよね、健太くん……）

完全な自由を獲得したEカップは、ものすごかった。

美奈子は自分でも乳房の動きが分かった。右足と左足を交互に動かすたび、二つの乳房が上下左右に暴れ回る。

健太の目が泳ぎ、頬に赤みを差すのを見ながら、美奈子はソファの端に座った。

「じゃあ健太くん、先生の肩をマッサージしてくれますか？」

「は、はい……」

返事する声は死にそうな響きがある。かなり興奮してくれているのが分かる。

ソファの端を選んだのは少年が後ろに立ちやすいようにするためだ。

「そ、それじゃあ、ま、マッサージをします、美奈子先生……」

不思議な宣言をすると、男子高校生は震える手を首の両脇においた。たったそれだけのことなのに、女教師の全身に甘美な電流が走った。

「あんっ、あんんっ……。あああっ……。す、すごく、気持ちいいです、健太くん」

思わず甘い声を漏らしてしまった。

たちまち背後から、緊張した空気が流れてきた。健太が美奈子のパジャマの上を凝視している気配も伝わってくる。

美奈子は、もっと声を色っぽくしてみることにした。

「あっ、あああん！　じょ、上手です、健太くん……。あ、ああっ、そ、そこがとってもいいみたいです、お願いします、もっと、もっとしてください……」

さらに、上体をくねらせてみた。

体が動けばEカップも揺れる。特に左右方向の動きが激しくなる。

すると、ボタンとボタンの合わせ目がぱっくりと開く。真っ白な素肌が顔を見せ、そこに健太の視線がちゃんと集中する。

(ああっ、気持ちよすぎて、もっと楽しみたいのに、我慢ができません、健太くん！

先生は、本当にいやらしくなっちゃいます！)

悲鳴を上げながら、女教師は「健太くん」とささやきかける。

「な、何でしょうか、美奈子先生……？」

「今度は脚をマッサージしてくれますか？」

「脚ですか⁉　だ、大丈夫ですけれど、ど、どうすれば……？」

「床に座ってくださいね」

美奈子は脚を伸ばし、その先に健太を座らせた。

今度は相対する形になり、少年の顔がはっきり見える。うつむいて女教師を直視しないようにしながら、手を足裏に伸ばしてきた。

「ああん……。健太くんったら、どうしてそんなに上手なんですか……。ああぁっ、せ、先生、癖になっちゃいそうです。だけど、それは悪いですよね、ああん!」

「そ、そんなことありません。言ってくだされば、いつでも、します……」

「本当ですか!? いつでもマッサージしてくれるんですか?」

「はい。大丈夫です」

「健太くんは優しいです。先生は幸せ者ですね、ふふっ」

褒めちぎると、健太は首筋まで真っ赤になった。照れ隠しのためか「ここでいいですか?」と訊いてくる。

美奈子は「もっと上をお願いしていいですか?」と言ってみた。

健太は「ここですか?」と訊いて足首に触れるが、首を横に振りながら「ごめんなさい。もっと上なんです」と繰り返す。

少年がふくらはぎを触ってきても、美奈子は「もっと上です」と言う。

十五歳の高校生は、とうとう指をふとももに当てた。

「あ、あああっ……。そ、そこです　健太くん、先生はすごく気持ちいいです。ああああん、ふ、ふとももをどんどん、揉みあげてくれますか? お願いです」

快感が全身を走り抜け、思わず脚を少し開いてしまった。

健太はたまらなくなったのか、ちらりとふとともに視線を送ってきた。

少年のスケベさが嬉しいが、まだ惑溺してしまうわけにはいかない。まだまだしなければならないことがある。

「健太くん、こんなに凝ってるってことは、先生は冷え性なんでしょうか？」

無心な口調で訊いてみると、健太はかすれきった声で「そうかもしれません」と同意してくれた。

「だとすると、寝室の窓を開けて寝るのはよくないんでしょうか？」

健太は「ええっ!?」と驚き、指の動きを止めてしまった。

美奈子が「健太くん、ごめんなさい、マッサージを続けてください」と頼むと、慌てた様子で再開する。

「冬はさすがに閉めますけど、いつもは窓を開けているんですよ」

できるだけ自然な口調でさらりと言うと、健太はパニックに陥ったようだ。

「あ、危ないんじゃないでしょうか……。へ、変な人が忍び込んできたら……」

「ここ、五階ですよ」

「泥棒とかは、相当に高い階でも忍び込むらしいです」

健太は懸命にリスクを訴える。

それはもちろん、美奈子の安全を心配してくれているのだろう。

心遣いがうれしいが、今は「ばか」と叱りたくもなる。二十五歳の、ある意味では処女のような女教師が必死にのぞき見をしてほしいと訴えているのだ。

空気を読め、と言いたくもなるが、それを十五歳の少年に求めるのは、やはり酷かもしれない。

美奈子は平静を装いながら、さらに力説して誘導を試みる。

「じゃあ、少し開けるぐらいなら？　半分ぐらいとかならどうでしょうか？」

「そ、それは開けすぎ……だと思います……。は、はい……」

「頭一つ分だったら？」

「あ、頭一つ、ですか？　そ、そうですね……。そ、それぐらいなら……」

「先生、健太くんのアドバイスに従います。すごく助かりました」

「と、とんでもないです……」

健太の顔が真っ赤になるのを見て、美奈子は満足感を味わった。これで健太はのぞきたくて仕方がなくなったはずだ——少なくとも、そうだと信じたい。

すると、少年の指が、パジャマのズボン、その足の部分の端に到着した。

「お、終わりました、美奈子先生」

少年の従順な態度に、女教師の胸は、どきん、とした。

いい子ですね、と抱きしめて頭を撫でたくなるのを必死にこらえながら、美奈子は自分にとっての限界にチャレンジする。

美奈子は「本当にありがとうございます」と礼を繰り返しながら、真っ直ぐに健太の瞳を見つめる。

「あと一か所、マッサージをしてほしいんです。お願いしていいですか?」

「はい。大丈夫です」

「脚の付け根をマッサージしてほしいんです」

「つっ、付け根ですか!?　い、いいですけど、一体どうすれば……?」

「パジャマの上から指で押してくれますか?」

健太は息が詰まったようで、返事ができなくなってしまった。弱々しく首を縦に振りながら、恐る恐る、という感じで揃えたふとももの上に手を置く。

「そ、そうです、健太くん……。そのまま、前に進めてくれますか……?」

美奈子の声もかすれてしまった。

健太はためらいがちに指を進めていく。その躊躇は、ねっとりと触るのと同じ効果をもたらした。

「あああっ！　け、健太くん！　す、凄いです！　気持ちよくて、あああっ！」

美奈子は猛烈に感じてしまった。思わず破廉恥な声を上げてしまう。指先がパジャマの生地を押し、素肌にうずもれていく。

「そう、そうです、健太くん！　そこを押してください！　先生の脚の付け根、ぎゅっ、って、いっぱい、してぇ！」

美奈子の口調は、とんでもないものになってしまっていた。

幼女のような喋り方だし、何よりも、ほとんど喘いでいるのに等しい。快感が理性を溶かしてきているのだ。

「こ、こうですか、美奈子先生!?　こうですか!?」

「そ、そうです、素敵です！　ああっ、とっても上手！　もっとしてください！　もっと先生をマッサージしてぇぇ！」

健太は取り憑かれたように指圧し続け、美奈子は体を揺すって悶える。

美奈子はこれでも我慢している。本当は腰を振りたいし、脚も思いっきり開きたい。

ところが、少年はあまりに興奮してしまったのか、突然に右手を滑らせてしまった。

すっ、と指先が動き、パジャマ越しに女教師のヘアに触れた。

「うわあああっ!」

反射的、という感じで、健太は手を引いた。

美奈子は我に返った。

ここは絶対に落ち着いていなければならないと考えた。

下手に何かを言ったら、繊細な少年は悩んでしまう可能性がある。落ち込むと夜に寝室を訪れてくれなくなる。

「本当に気持ちよかったです！　ありがとう、健太くん！」

精いっぱい、健康的な明るい声を出した。

少年は最初、きょとんとした顔をしていたものの、しばらくすると照れたような表情になった。

「こ、こんなことでよければ、い、いつでも言ってくだされば……」

美奈子は思い切って腕を伸ばし、健太の手を握った。

少年は体をぴくん、とさせる。

「健太くんは、そろそろ寝ますか？」

「は、はい。そ、そうですね、そろそろ帰ろうかと思います」

「じゃあ、見送りしてあげますね！」

つないだ手を引っ張って、美奈子は健太を立たせた。

少年が学ランを着る時だけは手を離したが、後はずっとつないでいた。

それは、まさしく奇妙なカップルだった。

互いに頬を赤く染めている姿は純真だし、少年の方は完全な学生服の上下なのに、女教師はパジャマの上下。

幼さの残る高校生と、成熟を目前に控えた大人の女性が手をつないで歩く。

ずっと無言だったが、美奈子はこれだけで完璧な幸せを感じた。たぶん、健太も同じ気持ちでいてくれているだろう。

玄関の前に来ると、健太は三和土で靴を履いた。

「じゃあ、健太くん、おやすみなさい」

「おやすみなさい、先生」

互いに礼儀正しく挨拶して、少年が出て行こうとした瞬間、女教師は「健太くん」と呼び止めた。

「は、はい?」

「今日、先生の下着を受け取ってくれて、本当にありがとうございます」

「い、いえ、あれぐらいのことなら、い、いつでも……」

「これから先生は、あの下着を着てみるんですよ」

あっさりとした口調を心がけて言ってみると、少年の顔色が変わった。そして必死に何を返すべきか考えていたようだったが、無言のままでいるのも不審がられると考えたのだろう。

まるで見切り発車という感じで「は、はい」と答えた。まったく意味をなさない言葉だった。

美奈子は、顔の微笑にさらなる輝きを与える。

眼鏡の奥にある瞳を、なるべくきらきらさせようと心がける。

「これからどんどん暖かくなるでしょ？　だから、ああいう風に生地の少ないものはどうかなって思ってみたんです」

少年はほうけたような顔で、かすかに首を縦に振るのがやっとのようだ。

女教師は「ふふっ」と微笑してみる。すると少年の顔がますます赤くなり、目が泳ぎまくる。どきどきしているのは確実で、あまりにもかわいすぎる。

何を言うのかと、健太は食い入るように見つめてくる。その熱い視線を受け止めながら、美奈子は唇を動かす。

「ふふっ。何だか、一人ファッションショーみたいで、おかしいですね。着心地を確かめるために、色んなポーズをしなければならないし」

言葉を継ぎながら、わざと胸元で腕を組み、Ｅカップを持ち上げるようにしてみる。たちまち健太の視線が集中して、美奈子の乳首が、じん、と熱くなった。

「でも、一人のショーって、寂しいかなあ。健太くんは、どう思います？」

いきなり〝むちゃぶり〟をされた健太は「ええっ⁉」と困り果てる。何も返事できない少年をほほ笑ましく思いながら、女教師は言葉を重ねる。

「あの下着が本当に似合っているのかどうか、先生も分からないところがありますから、観客って、必要かもしれませんね。こっそり見てもらうだけでも、女としてはうれしかったりして……」

呟くように言うと、再び健太が「ええっ⁉」と叫んだ。美奈子は、はっ、と我に返った。

あまりにほのめかしすぎたかと反省し、頬が赤くなった。

ちらりと見ると、健太は顔が真っ赤だ。指先がかすかに震えているのも見える。

女教師と少年は、互いにうつむき、もじもじするばかりだ。

沈黙が続くが、それは重い雰囲気にはつながらない。むしろ、何か淫靡なものがあり、濃厚な空気が二人を包む。

「じゃ、じゃあ、もう寝ます」

健太が震える声で言うと、美奈子は反射的に顔を上げた。

視線と視線が絡み合う。

美奈子は、眼鏡の奥にある自分の瞳が潤んでいるのを自覚した。まるで「行かないで」とすがりついているようだ。

その目力に、健太は圧倒されてしまっている。ドアノブに手をかけたまま、固まってしまっている。

だが、いきなり、ぺこり、とお辞儀をすると出て行った。

美奈子は鍵とチェーンロックをかけた。

急に一人ぼっちになり、胸が痛んだ。だが、すぐにまた会えると自分を奮い立たせた。これからは何より素早い行動が要求される。

美奈子は寝室に入り、灯りを豆球だけにした。

これが精いっぱいだ。

煌々とした光の下で健太に痴態をさらすのはやっぱり恥ずかしい。

次に窓ガラスを「頭一つ分」開け、純白のランジェリーセットを取り出した。女教師はパジャマを脱ぎ、まずはストラップレスのハーフカップブラを手に取る。

（健太くんは、絶対にのぞきに来てくれる……）

言葉より、視線の方が意志を伝えられた。あの時、美奈子は瞳で「来て」と言い、健太は「はい」と目で答えた、はずだった。

確信を持ちながら、美奈子は下着姿になっていく。

# 第四章　僕と先生がひとつになった時

## 1　ベランダ！

「ああっ！」

自宅に戻ると、健太は大声を出して三和土にうずくまった。

巨大な緊張や興奮が一気に消え、心の線が切れたのだ。

今でも健太の指には、パジャマ越しに感じた女教師の素肌の感触が残っている。

深呼吸しながら手を見つめ、何とか立ち上がった。こんなところでへたっている場合じゃない。

（先生の寝室、のぞきたい！　先生の下着を見たい！）

心の奥底には、そんなことをしたらダメだという良心の声はある。紛れもない犯罪行為だとは理解している。

だが、もう、限界をはるかに超えてしまっていた。

もし見つかったら、美奈子に軽蔑されるのは確実だ。このマンションから出て行くことも考えられる。

でも、それでもいい。

もう、僕に失うものは何もない。

このまま猛烈な片想いと性欲に悩まされるのは嫌だった。たとえ警察に通報され、学校で問題となり、インドネシアに帰ることになっても構わなかった。

健太は脱いだ靴を手に持ってリビングを抜け、ベランダで靴を履き直した。

四月の暖かな空気が全身を包む。

マンションが位置しているのは高級住宅街だ。周囲は静まりかえっている。

まず、ベランダの仕切りに近づき、顔だけを外に出して隣を見てみた。

女教師の寝室は暗い。

もう寝たのだろうかと思ったら、心臓が跳ねた。健太は手すりに両手を置くと、体を持ち上げて馬乗りになった。

体の半分は空中に出ている。だが、バランスを保っていれば問題はない。

左足を美奈子の自宅のベランダに突っ込む。そして仕切りを両手で持つと、そのまま一気に滑り込んだ。

健太は楽々と隣のベランダに立つことができた。

泥棒の足取りで歩き、寝室の前に向かう。近くで見ると真っ暗ではなく、カーテンの隙間から弱々しい赤い光が漏れている。豆球だ。美奈子先生は寝室にいて、もう寝ていると考えて間違いないのではないだろうか。

健太は、ガラス戸を見つめる。

確かに十五センチぐらい開いていた。美奈子の言葉にうそはなかったと想いながら、切れ目に頭を突っ込んだ。目はつぶってしまっていた。

決死の想いで、瞼を開けた。

頭ががんがんと鳴った。

体が熱くなったようにも、冷え切ったようにも感じられた。

健太の視界は、紛れもない女教師の体を捉えていた。もちろん、下着しか身につけていない。

ベランダからは最も遠くになる、寝室の最奥部。ドア近くの場所に、美奈子は立っていた。

そこに鏡があるらしく、アイドル教師は自分の下着姿を見つめている。

最初に目にしたのは、美奈子の体の右横だった。

つまり右手と右足が手前にあり、健太から見て右側にバストが膨らんでいて、左側にヒップが丸いラインを描いている。

距離があるし、薄暗いため、そのボディをはっきりと見ることはできない。

だが、全体的には相当ないやらしさがある。肩ひもがないのははっきりと分かり、肩の素肌が見えているというだけで興奮する。

(ああっ、もっと、もっと先生の体をはっきりと見たい!)

健太は思わず心の中で叫んでしまった。

すると、その願いが天に通じたのか、急に女教師が体の向きを変えた。

美奈子が体の横側を見たいと思ったらしく、左側を鏡に向けたのだ。いわば「右向け右」の動作を行ったことにより、健太には英語教師の体の前側が向かった。

少年の体が、ぶるぶると震えだした。

体の向きが変わり、豆球の明かりは小さなものではあったけれど、美奈子の体を優しく照らした。

それは、健太の視界を広げさせるのに充分だった。

赤い色に染まっているとはいえ、真っ白な下着の光沢ははっきりと伝わってきた。

何より驚いたのは、夢で見た光景とあまりにそっくりなことだった。

乳房の半分以上があらわになっているカップ。深い胸の谷間、股間の食い込み。いずれもバニーガールのコスチュームとそっくりだ。だが、これは紛れもない現実の光景だから、興奮のレベルは比較にならない。

(美奈子先生！　そ、そんな！　そんなことをしたら……。あああぁっ！)

女教師の行動に、健太は驚愕した。

何とブラのカップを両手で支え、上下に揺らし出したのだ。下着に包まれたEカップはぷるんぷるんと揺れる。

後は、まさに「波状攻撃」だった。

さらに美奈子は「右向け右」を行う。すると今度は体の左側が姿を見せる。

ブラジャーを正面から見られることができなくなり、健太は深い苦痛にのたうち回りそうになった。だが、すぐに三回目の「右向け右」が行われた。

(あああっ、あああっ、ああああああっ！)

もう健太の心の中では、言葉すら形作られることはなかった。意味のない悲鳴が繰り返されるだけだった。

女教師のパンティに包まれたヒップが、丸見えだった。

正真正銘のTバック。

健太は、ネットなどでTバックをはいたAV女優の画像などを見たことがあった。だが、モデルが最愛の女性なのだから、興奮も強烈なものになるのは必然だ。

それに、お尻を包む生地は、あまりに小さかった。

箱に入っていたパンティを見たのは、あくまでフロント部分だった。健太は同じ幅の生地がヒップ側も走っていると思っていた。それでも小さいと思っていたのだが、さらに細いのだ。

たわわなヒップの谷間に、Tバックは埋もれそうだった。

これでは存在しないのと同じだ。

健太が気弱な少年でなければ、襲いかかっていたかもしれない。それほど男の本能を直撃する眺めだった。

下品な感じはまったくしなかった。女教師はやはり清純だった。

鏡を見ながら、美奈子は腰を振る。その動作の意味は分からない。だが、それを追求するつもりはなかった。健太の視界は、左右に揺れるアイドル教師のヒップを捉えているからだ。

興奮が頂点を突き抜け、健太は気分が悪くなった。

全身の血が肉棒に集まって、貧血状態になったのだろうか。

学生服のズボン、その股間は異常なほど膨らんでいる。それと関係があるのか、足元がふらふらしている。

（一体、僕はどうしたら、もっと先生の「ファッションショー」を見続けることができるんだろう……）

健太は決断を迫られた。

きっとこれは貧血のような状態ではないかと判断した。あまりに肉棒へ血が集まりすぎているのではないか。

一度オナニーしないと、倒れてしまうかもしれない。

そのためにはのぞきを中断する必要がある。それは死ぬほど辛いことで、とてもできそうになかった。

しかし、倒れれば女教師の下着姿を見届けることができない。

ここを離れて自宅に戻り、射精したら戻る。間に合うかは分からないが、とにかくやるしかない。

健太は死ぬほどの苦しみを味わいながらベランダを立ち去ろうとした。

ところが、すぐに足がもつれた。伐採された木のように、前方へ倒れていった。

ばっしゃーーーん!

大きな音が深夜の住宅街に響いた。

数匹の犬が「わんわんわん」と遠くで吠えた。

健太は床に激突するのを防ごうとして手をついた。その時に物干し竿の支柱に腕が当たったのだ。

体は無傷だが、竿が落下して大きな音が発してしまった。

十五歳の少年は呆然として座り込んでいた。

ガラス戸が開き、女教師がベランダに出てきた。

「み、美奈子先生……」

逃げることすら忘れて呟いた。

女教師は何も言わない。背筋を伸ばし、じっと少年を見つめている。

さっきまでの格好と何も変わっていない。上下そろいの下着姿。

全身は月光に照らされていた。Eカップが光り輝いていて、非現実的な美しさだ。

のぞき見がばれてしまったにもかかわらず、ただ見惚れた。

「健太くん、先生の部屋に来てください」

美奈子はそれだけ言うと、くるりと背中を向け、ガラス戸へ向かって歩いて行く。

健太の目は女教師のヒップに釘付けとなってしまった。

脚が前後すると、ほぼ裸の尻がぷるぷると揺れる。

スカートの中では、こんな風にヒップが動いているのかと思った。だが、それ以上は何も考えられず、半ば無心で女教師の後を追った。

## 2 甘い叱責

おずおずと少年は入ってきた。

女教師はベッドに横たわり「こっちに来てください」と言った。

とんでもないことを要求しているのだが、少年は無反応だ。あまりのショックで思考が停止しているのだろう。

健太はガラス戸を閉め、鍵をかけた。そして横に体を滑らせてきた。放心状態らしく、操り人形のような動きだ。

いきなり女教師は少年にキスをした。

ライトキス。場所は額。

次は両方の頰。健太が恍惚とするのを見つめながら、唇と唇を優しく触れあわせた。

ちゅっ、と小さな音がした。

美奈子は顔を上げ、真っ直ぐに健太を見つめた。

少年は目を泳がせてしまったが、懸命に視線を戻してくる。

「先生の下着、どうでした？」

最も訊きたかったことを尋ねてみると、健太は真っ赤になった。

口を動かそうとするが、なかなか上手くいかないようだ。

思い切って、女教師はブラに包まれた巨乳を押しつけ、唇を少年の耳元に寄せた。

「どうでしたか？　教えてください、お願いです、健太くん……」

甘くささやきかけると、健太はぴくん、と体を震わせる。効果は抜群だったようで、
震える声が聞こえてきた。

「す、凄かったです……。それに、き、綺麗でした……」

「過激すぎて、先生のこと嫌いになりませんか？」

急に健太がむきになった。さっきまでの弱々しさが消えてしまった。

「絶対に、そんなことはありません！　そ、そして……」

熱弁を振るうのかと思ったら、急に言葉を詰まらせた。

美奈子は唇を健太の耳に押し当てる。ほとんどキスのような状態で「そして?」と続きを促す。

健太は死にそうな声で「え、エッチな……」と言う。

「エッチな先生は、本当にきれいでした。僕も、死ぬほど、す、スケベですし……」

まさに魂の告白だった。美奈子は健太の勇気に応えようと思った。

「健太くん、私たち変態ですよね?」

「ど、どうしてですか……!? ぼ、僕はそうかもしれませんが……」

「ううん、一緒です。だって、先生は健太くんがのぞいているのに気づいていました。見てくれて、凄く気持ちよかったんです。あんなに感じたの初めて」

健太は「んんっ!」と唸った。体も震えている。あまりに直球のボールを受けて、返事ができなくなったらしい。

美奈子は構わず、喋り続ける。

「先生は、最低最悪の女教師なんです」

「違います! み、美奈子先生は最高の女性で、素晴らしい先生です!」

再び健太は怒鳴った。必死な姿は食べてしまいたいほど愛しい。美奈子は思わず耳を噛んでしまった。

「うわ、ああああっ！　美奈子先生！」

甘噛みだから、少年は感じてしまったようだ。女教師は楽しくなってきて、全てを一気に打ち明けた。

「健太くん、先生は健太くんのことを心から愛しています。もう夢中なんです。だから健太くんに、いっぱいエッチなことをしてほしいんです。してくれれば、先生が健太くんをいっぱい可愛がってあげます。お礼に何でもしてあげます」

「先生！　美奈子先生！」

健太は凄い力で抱きしめてきた。

ひ弱でもやっぱり男なんだ、と思っているうちに、急速に顔を接近させてきた。

ところが、途中でぴたっ、と止まってしまった。美奈子はすかさず質問する。

「先生は本当のキスをしたいって思っています。だから健太くんはファーストキスを、こんなにエッチな女教師としちゃうことになるんですよ。それでもいいんですか？」

喋りながら美奈子の瞳は潤んできてしまった。興奮なのか、感動なのか、それは自分でもよく分からない。

ところが、いきなり健太が泣きだしてしまった。

少年の目から一筋の涙がこぼれた。

（健太くん！　ああん、ごめんなさい！）

昂ぶった感情が伝染したというか、とにかく動揺させてしまったらしい。

「健太くん、先生は、健太くんの気持ちは分かっています、大丈夫です」

美奈子は夢中で頬にキスをした。

舌を出して舐めてみると、やはり塩の味がした。美味しいと思いながら、唇を少年の唇へ向けた。

眼鏡が、少年の鼻にちょっと当たった。

構わず唇をぴったりとくっつけて、まずはライトキスを楽しむ。

しばらくしてから、舌を前に出してみた。

先端が、ぷにゅっ、と健太の唇に触れた。どうやら少年は口を真一文字に結んでしまっているらしい。

緊張をほぐそうと、美奈子は手を伸ばして健太の頭の上に置き、それを静かに前後に動かした。

つまり「いいこ、いいこ」と撫でたのだ。

「んふっ……」

健太は吐息を漏らし、体の余分な力が抜けた。美奈子は再び舌を進めてみたが、少年の唇は緩んでいた。

すっ、と入ったものの、今度は歯に当たった。

これも障害物ということになるのかもしれないが、感触は気持ちいい。

女教師は少年の歯を舐め尽くすことにしてみた。

舌の先を尖らせて前歯を狙う。ぴったりと当てて左右に動かすと、健太は「んんっ！」と呻いて口を開けてしまった。

すかさず美奈子は舌を入れ、円を描くように動かした。

「んんんっ！」

健太の声は甲高くなる。美奈子は少年の舌を探す。

あちこち舐めていくと、とうとう若々しい舌先に触れた。慎重に寄り添うようにしてみると、絡み合うことができた。

淫行の幕開けを告げる、ディープキスが始まった。

健太の舌も美奈子の口腔へ入ってきて、一緒に唾液が流れ込んできた。

感触の魅力と美味しさに、今度は女教師が喘いでしまう。

「んんっ、ふうんんんっ、んんああっ！」

全身が痺れていく。

健太も同じ快楽を味わっているようで「んんっ！　んんっ！」と切迫した、少年らしいうめき声を漏らし続ける。

美奈子が激しく動かしてみると、つられて健太も上下左右に蠢かせた。

女教師と少年の舌は完璧に密着し、表面の全てが互いにまとわりついていく。

「んんっ！　ふうぅんんんっ！　んんあああっ！」

「んんっ！　んんっ！　んんんっ！」

その快感は強烈で、心も体もバラバラになってしまいそうだった。

二十五歳の女性と十五歳の少年は互いに助けを求めるように強く抱き合った。

女教師のバストが少年の胸元で柔らかく潰れ、少年の肉棒は女教師のクリトリスに密着した。

快楽の連鎖爆発が始まった。

ディープキスの気持ちよさに抱きあえば、美奈子の乳房や乳首が感じてしまう。体をくねらせてしまうと、肉棒を股間で愛撫する格好になる。

健太も体を震わせるから、今度は肉棒がクリトリスを撫でることになる。すると美奈子はさらに感じてしまい、再び抱きあおうとする。するとまたEカップに強烈な快感が生まれる——こんなサイクルが無限に続いていこうとする。

こらえきれなくなったのは、健太の方だった。

唇と舌の密着を解き、美奈子の体にしがみついてきて「美奈子先生!」と叫ぶ。女教師の母性は最高潮に達し、優しく抱きしめて額にキスをした。

そして上体を持ち上げて、少年を見下ろした。

「気持ちよすぎます、健太くん……」

恥ずかしくて、頬を真っ赤にし、消え入りそうな声で言うと、健太も顔を真っ赤にして頷いた。

「もっともっと、先生とエッチなこと、したいですか?」

震える声は自分でも卑猥だと思ったが、健太は股間を脈動させながら、再び顔を縦に振る。まるで言葉を忘れてしまったようだ。

美奈子は健太を抱きしめ、唇を耳元へ持っていく。

「駄目です、健太くん。ちゃんと言ってください。先生と、どんなエッチなことをしたいんですか?」

「み、美奈子先生　美奈子先生!」

健太は悲鳴を上げた。内気な少年にとっては酷な質問だったのかもしれない。

女教師は少年にささやきかけた。

「じゃあ、先生がしてほしいことを言いますね」

たちまち健太が生唾を飲みこんだ気配が伝わってきた。いやらしい空気が一気に高まって、美奈子はどきどきする。

「先生は、おっぱいを健太くんに触ってほしいって思っているんです。健太くんはどうですか？　嫌ですか？」

「ま、まさか！　ぼ、僕も、僕も……」

「僕も、どうしました？　健太くん、続きを先生に聞かせてください」

声音そのものは甘さを増す一方だが、口調は授業中のものに近くなっている。

そのことに女教師は興奮してしまい、尖らせた舌先で少年の耳を舐めてみた。

健太は「うわっ！」と叫び、それが呼び水となったのか、大声で怒鳴ってきた。

「先生のおっぱいを触りたいです！　お願いです、美奈子先生！」

少年の絶叫は、女教師の全身に、ずしん、と響いた。感極まってしまい、美奈子は無我夢中で健太に抱きついた。

「先生は健太くんが大好きです。エッチなところが可愛くて仕方ないの」

そして美奈子は健太に、体を起こすよう促した。二人はシーツの上で膝立ちになると、向かい合って見つめ合った。

健太の視線は、美奈子のブラジャーに集中している。

目はまん丸に開かれてしまっている。

美奈子は健太を熱く見つめ返しながら、自分で手を背中に回し、ホックを外す。

かちっという音は寝室中に響き渡った。それだけ緊張感と静寂が支配しているわけで、健太の体がぴくん、と反応したほどだった。

女教師は、スムーズな動作で、ブラジャーを体から滑り落とした。

「あ、あああっ！」

裸の乳房が出現し、たちまち健太はうめいた。

美奈子は、その漏れた声を賛美として受け止めた。上を向いて隆起しているEカップを両手で持ち、少年に向かって突きだしてみた。

「み、美奈子先生！」

「ふふっ……。先生のおっぱいはどうですか、健太くん？」

「き、綺麗です……」

「触りたいですか？　やっぱり止めておきます？」

「止めるなんて無理です！　触りたいです！」

再び健太の目が涙でいっぱいになってきて、美奈子は少年の手を握った。

そして、優しく引っ張ってみた。

健太の手のひらは、Eカップの乳房に向かって真っ直ぐに進んでくる。

だが、間隔が数センチぐらいまで接近した瞬間、美奈子は手を止めた。たちまち健太は「美奈子先生！」と叫ぶ。

美奈子は少年を愛しいと思いながら、最後の確認を求める。心の中に残っている不安をなくしてしまいたい。

「健太くんに触られると、先生はいやらしくなっちゃいます。スケベになっちゃうんです。い、いいですか、乱れちゃっていいですか？　健太くんはきっと、真面目な女教師が好きなんじゃないですか？」

「そ、そんなことありません……！　い、いやらしくなってください、スケベになってください、美奈子先生！」

「ああっ！　う、うそじゃないんですね、健太くん？」

「本当です。さっきの一人ファッションショーだって、死ぬほどいやらしかったじゃないですか！」

健太の迫力に美奈子の不安は消滅し、同時に理性もなくなってしまった。

「あああん！　け、健太くん！　先生のスケベなおっぱい、いっぱい触ってっ！」

女教師は夢中で少年に乳房を触れさせた。

Ｅカップは男子高校生の手のひらで、むにゅっ、と柔らかく潰れた。

少年は女教師に負けない音量で絶叫した。

「こんなに柔らかくて、弾力があって、気持ちいいなんて！　わああっ！」

「ああっ！　健太くん、そうです！　もっと手のひらを拡げていいんですよ、そうです、あああああっ、上手です、健太くん、素敵です！」

美奈子が励ますと、健太は夢中で乳房を揉みだした。

手を限界まで開ききると、バストの外側を包むようにする。

十本の指は柔らかな乳房に埋まっていき、それが猛烈に動きだしたため、Ｅカップはゆさゆさと揺れ動いた。

たちまち爆発的な快楽が美奈子に襲いかかった。肉体的な興奮もすごいが、学生服を着た少年に裸の乳房を触られているという光景も快感を倍増させる。

「ああっ！　可愛い教え子が、エッチな先生のおっぱいをもみもみしてくれているんですね！　ああっ、あっ、あああっ！　先生は、凄く嬉しいです！」

美奈子の言葉は、頭に浮かんだものがそのまま垂れ流されたものだった。

何の計算もなく、いわばうわごとに等しい。

しかし、だからこそ、女教師は自分の言葉に自分で興奮した。

まるで騎乗位のように腰を振ってしまった。

乳房は揺れ回り、たちまち健太は暴れる乳房と格闘しなければならなくなった。あちこちに跳ねる乳房を追いかけて、何とか揉み続けようとする。

「ああああっ、健太くん！　ねえ、健太くん！」

「どうしました、美奈子先生!?」

「先生の乳首、健太くんは近くで見たいですか？　ああああっ！」

「み、見たいです、もちろんです、先生！」

「ぼ、勃起しちゃってるんですよ？　恥ずかしいぐらいいやらしくなってるんです。それでも健太くんは見たいですか？」

「もちろんです！　いやらしいから見たいんです！」

健太の答えが耳に届いた瞬間、美奈子は手を少年の後頭部に巻きつけ、自分のバストに向かって引き寄せた。

少年の顔は、ちょうどバストの中心部に向かい、接近するとぴったり止まった。

たちまち熱い視線を浴びせかけられ、美奈子は一層激しく腰を振ってしまう。

「見てください、健太くん！　先生の、スケベな乳首、いっぱい見てぇぇぇっ！」

絶叫して懇願すると、健太は慌てたような口調で必死に訴えてきた。

「見ています、先生の乳首を、いっぱい見つめています！」

「ど、どうなってますか、先生の乳首は？　あ、あああっ、あああっ！」

問いかけると、健太は「ぐうっ！」と、唇を嚙みしめた。だが、美奈子はあくまで少年の自主性を尊重し、ひたすらじっと待つことにした。

健太は全身を小刻みに震えさせながら、それでも乳房を揉み続けていた。

だが、すぐに目をぎゅっとつぶると、代わりに口を開いた。

「お、大きくなって、膨れあがっていて、それで、それで……」

「そ、それで、それでどうなっていますか？　ああっ！」

「それで、とってもいやらしいです、とってもスケベです、先生！」

「あああっ！　健太くんは、とってもいい子です！　スケベな女教師が、スケベな男の子にごほうびをあげます！」

女教師は体を前に出し、Ｅカップを少年の顔に押しつけた。

健太は「美奈子先生！」と叫んだが、すぐに口が乳房に塞がれて「んんっ！」と喋れなくなった。

上体を左右に揺らし、美奈子は巨乳で少年の顔を〝おっぱいビンタ〟した。

もちろん健太は喋ることができないが「ぬんんぉうっ！」と、漏らす声がより大きく、より高く、より切羽詰まったものになった。

少年が歓喜しているのを見て取った女教師は、ゆっくりと体を離した。乳房が離れていき、健太は呆然とした表情で美奈子を見つめてきた。

美奈子は、寝室の暗さが気になっていた。

教え子に、乳房の全てを見せてあげたい。だが、明かりを最大限にするのはためらわれる。

そこで、思いついたことがあったのだ。

「先生の携帯電話を持ってきてくれますか？」

健太は戸惑ったようだが、指示には従ってくれた。

ベッドから立ち上がると机に移動し、手に携帯を握って戻ってきた。

「どこでもいいからボタンを押して、画面を明るくしてください。そ、そして、先生のおっぱいを照らしてくれますか……？」

「美奈子先生！　そんな！」

健太は携帯と美奈子の顔を交互に見つめながら、口をあんぐりと開ける。

美奈子はますます恥ずかしくなったが、一生懸命に説明した。

「先生のおっぱいを、ちゃんとした光で見てほしいんです。明かりをつければいいんですけど、そ、それは恥ずかしいから、だから、お願いします、健太くん……」

意図が伝わったのか、健太の表情が引き締まった。

震える手で携帯のボタンを押し、それを美奈子の胸に向けた。暗い室内だったため、ディスプレイの光はストロボのように炸裂した。

「け、健太くん！　あああっ！　おっぱいに光が、あああっ！」

「美奈子先生！　おっぱいが明かりに照らされて、うわあっ！」

二人は共に体を痙攣させる。

美奈子が見ても、乳房は真っ白に、乳輪と乳首はピンクに輝いていた。豆球の灯りを駆逐できたのだ。

「健太くん、ど、どうですか？　これが本物の先生のおっぱいなんです！」

「凄いです、先生！　こんなに乳首が綺麗だったなんて！」

「す、吸いたいですか？　先生の乳首を、口に含みたいですか？　あ、あああっ！」

「もちろんです！　す、スケベなおっぱいを、思いっきりしゃぶりたいです！」

「ああっ！　け、健太くん！　ちゃんといやらしい言葉を言えています！　先生はとっても感じちゃう！　素敵です、健太くん！」

美奈子は感動に震えた。

確かに幼稚で拙いものかもしれないが、少年が自らの意志で言葉責めをした。

「先生のおっぱい、健太くんにあげます！　これは健太くんのおっぱいなんです、だから、好きにしてぇ！」

美奈子は夢中で乳房を突きだした。

健太は口を大きく開けて待ち構えていた。Ｅカップの先端が、勢いよく少年の口腔へ入っていく。

あっという間に乳首と乳輪が唾液で濡れた。

それだけで感じてしまった美奈子は「凄いっ！」と歓喜する。

だが、さらに潤滑性を増した乳房の先で舌が暴れ回る。これまでにまったく体験したことのない快感に翻弄される。

「あああっ！　健太くん！　健太くん！」

美奈子はただ少年の名前を呼び続けた。

尖った舌先が、同じように尖った乳首の先端に押し当てられ、突かれるようにすると特にたまらない。

やはり体を震わせてしまい、Ｅカップは上下左右に揺れた。

だが今回は、右の乳房が少年にむしゃぶりつかれているために静止していた。

左の乳房だけが跳ね回り、健太の頬を情熱的に叩く。

「んんっ！　んんんんっ！」

健太は絶対に乳房から口を離したくないのだろう。半ば四つんばいになって頭を前進させてきた。

押された格好の美奈子は、バランスを崩して倒れそうになったが、健太が背中に手を回し、優しく受け止めてくれた。

そして女教師と少年は、ベッドに寝そべっていった。

美奈子が横になると、脇に寄り添っている健太が両手で乳房を揉み、口で乳首をなめ始めた。

「あああっ！」

指、唇、そして舌という三重攻撃の破壊力は強烈だ。

美奈子は女教師としての慎みも知性もかなぐり捨て、快楽に狂いきった。

健太の口は、右の乳首を選んでいた。

だから右の乳房は揉まれて吸われ、左の乳房は手のひら全体で乳房と乳首をいっぺんに愛撫される。

「健太くんは、先生のおっぱいが大好きなんですね？　ああっ、凄く嬉しいです！　ずっと見たくて、触りたくて、吸いたかったんですよね!?　あああぁっ、もうこれからは、健太くんは先生のおっぱいを自由にできるんですよ。いつでも、どこでも、こうやってちゅーってして、もみもみしていいんです。あああっ！」

ところが、健太は乳首から口を離してしまった。美奈子は「ええっ!?」と驚いてしまったものの、すぐに少年は左側の乳首に舌を伸ばしてきた。安心した美奈子は、とてつもない快感に体を委ねる。

右の方ばかり責められていたからか、左の乳首は膨れあがっていた。まだ乾いている先端部に、唾液で濡れた少年の口腔が襲いかかる。

いきなり舌先で乳首を突いてきた。

美奈子がどうしたら感じるのかきちんと学習しているらしい。

「ああっ！　健太くんったら、本当に、それで童貞なんですか!?　ああっ！　先生はもう夢中になっちゃってます、可愛くてスケベな教え子に夢中です！　もう離れられない！　健太くんとずっとずっと、エッチなことをしていたいっ！」

口で乳房を味わい尽くしている健太は、返事の代わりのように「じゅるるるるるーっ」と音を立てた。

頬がへこむほどの吸引に、乳首は猛烈に引っ張られた。

美奈子は「あああああっ！」と絶叫することしかできなかった。すると健太は再び乳首から口を離し、右側を含む。

乳首から乳首への移動は、美奈子を狂わせる。

「あぁっ！　ああああああっ！　健太くん！　あああああっ、あああああああっ！」

喘ぎ声は絶え間のないものになり、どこか涙声になってしまった。

少年は夢中といった感じで、右、左、右、左、と口の移動を続け、二つの乳首を舐めまくってくれる。もちろん、その間もきちんと両手で乳房を揉み続けている。

とうとう美奈子は、限界に追い詰められてしまった。

「健太くん！　先生はおっぱいでイッてしまいそうです！　こんなの初めて！」

女教師が告白すると、いきなり少年は両手で二つの乳房を押しつけ合わせ、Eカップを隆起させた。

左右の乳首がくっついたところを、口をあんぐりと開けて包み込んだ。

「す、凄い！　凄いいいっ！」

二つの乳首をいっぺんに舐められる快感は凄まじく、美奈子の頭は真っ白になる。

童貞の少年に愛撫のテクニックがあるはずもなく、舐め方や吸い方はがむしゃらだ。

だからこそ強い興奮と快感を生む。

健太を見つめれば、Eカップに夢中でむしゃぶりついている。

そして、自分の体格とまったく違うことに強烈な印象を受けた。

美奈子の肢体は、熟れつつある気配が濃厚だ。特にバストやヒップ、股間といった性感に直結する部分は、肉付きが豊かで自分でもいやらしいと思う。

対して健太は、がりがりに痩せているし、何より成長途中という感じだ。

つまりベッドの上では、大人の女性が幼い少年に身を任せてよがっているのだ。

そのいやらしさは半端がなかった。

二十五歳の女教師は、Eカップを揺らし、腰をくねらせ、愛撫だけでなくTバックが股間に食い込む快感すらも貪欲に味わっている。

男子高校生は十五歳で、まだ中学生という雰囲気だ。校則通りの学生服に身を包み、大人の女性の乳房を舐めて揉みまくり、股間を隆々と勃起させている。

世間の常識では、完璧に不適切な関係だ。

だが、少数派かもしれないが、この世には少年に狂う女教師がいるのだ。

美奈子もその中の一人。

ベッドで少年に乳房を委ねるだけで、これほど卑猥な光景になる。

これからどんどん戯れはエスカレートするはずだが、どこまでいやらしいものになるのか見当も付かない。

すると突然、強烈な快感が全身を走り抜けた。女教師は少年の愛撫で達することを察した。

「い、イクっ！　健太くん、先生はおっぱいで、あぁっ！　イクぅぅっ！」

美奈子は体を縮こまらせた。

上体を起こして両手で健太の頭を抱きかかえ、両脚は腰に巻きついた。

女教師は少年を抱きしめながら、痙攣して果てていく。意識は完全に消滅し、快感に絶叫する声がかすれていった。

## 3　切ない騎乗位

女教師の肢体が、ぴくん、ぴくん、と暴れている。

部屋は不気味なほど静まりかえっている。

（僕が、美奈子先生をイカせてしまった。信じられない。これはやっぱり、いつもの夢なんじゃないだろうか……）

だが、抱きしめている女教師の体の感触は紛れもなくリアルだ。あの変な夢も、体を触ることはできなかった。

巨乳とふとももがぴったりと密着していて、その気持ちよさは比類がない。

それでも女教師は次第に結びつきを解いていく。意識的な行動ではなく、夢と現を彷徨って力が抜けてしまったらしい。

健太は腹筋に力を入れ、美奈子をシーツに横たえた。そして右手を動かして美奈子のセミロングの髪を撫でた。

「んっ……」

かすかな吐息が、女教師の唇から漏れる。少年は自らの意志で、美奈子の額に唇を当てる。それから左右の頬に口づけをした。

次は唇に移るつもりだったが、その前に、もっとキスを楽しみたくなった。

顎に唇を押し当てた。皮膚は柔らかいのだが、すぐその下には硬い骨がある。不思議な感触を味わっていると、美奈子が目を覚ました。

動きを止め、女教師と見つめあった。

美奈子の頬が赤くなり、それは健太にも伝染した。

何かを言わなければならないと思うのだが、何も思い浮かばない。口が貼りついたように強張っている。

焦っていると、女教師が話しかけてくれた。

「先生、健太くんにイカされちゃいました……」

美奈子は微笑を浮かべたが、その輝きは綺麗とか可愛いなどという次元を超えていた。神々しく、後光すら見えたように思えた。

健太は「は、はい」と頷くのがやっとだった。

女教師は変貌してしまっていた。

色気が増しただけでなく、明るくて快活な雰囲気や、清楚さや気高ささえもパワーアップしている。

「ごめんなさい、キスの邪魔をしちゃいましたね」

瞳を閉じた女教師は、自分から顔を近づけてくれた。

唇と唇が触れあうと、健太は躊躇することなく舌を差し入れたが、美奈子もまったく同じことをしてくれた。

女教師と少年の舌はスムーズに絡み合い、激しいディープキスが繰り広げられた。

興奮は圧倒的だが、二回目ということもあり、健太は少し落ち着くことができた。

唾液は美味そのもので、どれだけ飲んでも足りないと思わされる。唇の密着も舌の絡み合いも魂が蕩けるほど気持ちいい。

ずっと、先生とキスしていたい――心から願ったはずなのだが、女教師の体が動きだすと気持ちは揺れる。

柔らかなEカップが押しつけられて、潰れる乳房と尖る乳首の感触がたまらないし、むっちりとしたふとももも健太の脚を撫でさするようにまとわりついてくる。

最も凄かったのは、女教師の腰だった。

くいっ、くいっ、とリズミカルに上下して、その時、健太は学生ズボンの勃起が女教師のTバックに突き刺さっていることを知った。

女教師は奉仕しているというより、肉棒を味わおうとしているようだ。

ズボンとトランクス、そしてTバックに隔てられているとはいえ、亀頭は女陰の入り口に確かに埋まっていて、美奈子はその感触を楽しんでいるのだ。

とうとう健太は耐えきれず、ディープキスを中断してしまった。

顔を離し、反射的に短く息を吸ってから「美奈子先生！」と叫んだ。だが、美奈子は腰の動きをさらに激しくする。

「美奈子先生！　ああっ！　そ、そんなに！　そんなに！」

健太が悩乱するうちに、美奈子がしがみついてきた。

そして耳元で何かをささやいたのだが、声が小さすぎて健太は聞き取れなかった。

「す、すいません、もう一度お願いします」

頼んでみると、美奈子はやはり消え入りそうな声で「健太くんのオチン×ン、凄く大きいです」と繰り返してくれた。

性器を褒められるのは照れくさいが、女教師が「オチン×ン」という言葉を口にしたのだから激しく興奮してしまう。

健太は思い切って責めてみることにした。

「美奈子先生のオマ×コがすごく熱いから、ぼ、勃起しちゃったんです」

十五歳の少年にとっては捨て身の大勝負だったが、羞恥心を捨てたことによって得たリターンは素晴らしいものがあった。

女教師が「ああっ！」と淫らに喘いだのだ。

「健太くんのオチン×ンも熱いです。だから先生のオマ×コはぐちょぐちょです」

しがみつく女教師に向かって、健太はさらに言葉で責めてみる。

「分かります、お、オチン×ンの先で、先生のスケベなオマ×コがぐちょぐちょなのが伝わっています！」

本当のところは、熱さは感じ取っていたが、濡れていることまでは分からなかった。

要するにはったりなのだが、その効果はてきめんだった。
「健太くん、先生のオマ×コを、ぐちょぐちょになっているオマ×コを見てくださ
い！　もっと、いじめてぇ！」
美奈子は、か弱い少女のように健太の胸に顔を埋める。
健太の感情は激しく昂ぶり、その願いは絶対に叶えてあげようと心に誓っていると、
女教師が、ぐっ、ぐっ、と体重を右側へ傾けてくる。
どうやら体を回転させようとしているらしい。
健太が気持ちを察して体を動かすと、たちまち少年と女教師はくるん、とベッドの
上で回転した。
健太の腹に美奈子が馬乗りになった。
Tバック一枚だけという格好はセクシーだが、美しさが勝った。
健太は息を呑んで目を見開くが、体よりその瞳に視線を向けてしまう。蠱惑的な色
に燃えているからで、美奈子は何かを仕掛けるつもりらしい。
女教師は少年のベルトを外しだした。
脱がされるのだと思うと、体が固まってしまった。
健太が呆然としているうちに、ホックが外されてチャックも下ろされた。

美奈子はズボンから両手を差し入れ、トランクスの端を握る。そして馬乗りのポーズのまま、体を後ろへ移動させていく。

巨乳とパンティを健太に見せつけたまま脱がそうとしているのだ。少年があまりのいやらしさにどうしようもなくなっていると、女教師の動きが止まった。

何度か後ろに下がろうとするのだが、進めないらしい。

健太は「え!?」と驚くだけだが、美奈子は原因が分かっているらしい。「ふふっ」と笑うと頬を赤らめる。

「健太くんのオチン×ンが邪魔してます……。やっぱり、すごく、大きいんですね」

あまりの興奮で、神経からの情報が上手く伝わらない時があるらしい。

少年はやっと肉棒の先端がトランクスに引っかかっているのに気づいた。照れて答えられずにいると女教師も頬を赤らめる。

「先生が外してあげますね、健太くん……」

美奈子は眼鏡のフレームを指で摘み、きちんとした位置にあわせる。

視界を最大限にクリアなものにするということだ。健太の心臓はたちまち跳ねた。

そして馬乗りの姿勢からヒップを浮かせると、手を使って学生服のズボンとトランクスを思いっきり持ち上げた。

ゴムが伸び、亀頭に引っかかっていた部分が自由になった。そして美奈子は、そのまま両手で引き下ろしていく。

恥ずかしいような、興奮するような、不思議な気持ちだった。

何しろ、女教師の眼鏡は完全に股間へ向けられているのだ。

だが、それを肉棒が喜んでいるのは明らかで、竿は下腹部にぴったりと貼りついた。トランクスからすると障害物が身を伏せたことになり、一層スムーズにズボンと下着は両脚の間を抜けていった。

「うわあああっ、美奈子先生！」

視線には、触るのと同じだけの力があることを学んだ。

女教師の瞳、いや眼鏡が股間を焼き尽くそうとしている。さらに肉棒は狂喜し、ぴくぴくと震えながら先走りを噴きだした。

「な、なんて硬そうなんですか！　かちかちになって、こんなの初めて……。ああっ、素敵です、健太くん。膨れあがって、太くなってて、愛しくなっちゃう……」

女教師はとんでもないことを口走っているが、恥じらいながらの口調はなぜか不思議に清楚な感じで、だからこそいやらしかった。

笑顔のまま、美奈子はヒップを健太の肉棒に持ってきた。何が始まるのかと思っていると、Tバックのクロッチが亀頭に優しく当てられた。

「うああっ！　み、美奈子先生！」

健太の全身がぶるぶる震える。

きっとパンティの生地越しに当たっているのは女教師のクリトリスのはずだ。亀頭に突起の感触が伝わっている。

「健太くんのオチン×ン、こんなにびんびん……」

美奈子は感嘆するように呟くと、そのままTバックを肉棒にこすりつけていく。

健太はひたすら「うああっ！」と感じきるだけだ。

肉棒を可愛がってから、女教師は体を前に突きだした。Tバックは肉棒から離れ、臍の真上あたりに来た。

そして美奈子は、体を前に倒した。

Eカップが顔を目指すように進んできたため、健太は夢中で口を開けた。

乳首が中に飛び込んでくると、舌を伸ばして迎え撃った。

「ああん、健太くんったら！」

女教師は身をよじらせながら、さらに体を密着させてくる。

巨乳は健太の口では受け止めきれず、潰れながら回りに拡がっていく。あっという間に鼻まで達し、息ができなくなってしまった。

健太は顎が痛くなるほど口を開け、両手で乳房を握りしめた。ほんの少しだけ巨乳を浮かせることで、何とか呼気を確保した。

それでも乳首や乳輪は口の中に入っている。

だから顔を上下左右に傾けることで、Eカップ全体を舐めしゃぶりだした。まるで子供が巨大なアイスキャンディにかぶりついているようだった。

「き、気持ちよすぎです、健太くん！　そんなにいっぱい舐められたら、またイッちゃいます！　ら、らめえぇぇぇっ！」

女教師は感じすぎたのか、ろれつが回らなくなってきているようだ。「駄目」が「らめ」になってしまっている。

健太はより猛烈に舌を使い、乳房を舐め尽くそうとする。

美奈子の震えは激しくなる一方だが、それでも、また別の動作をしていることが伝わってきた。下半身と手が活発に動いている。

ひょっとすると、女教師はTバックを脱ごうとしているのではないか、と健太は推測した。断言できないのは、もちろんEカップに視界を塞がれているからだ。

（美奈子先生が、裸になってくれるかもしれない……）

そう思うと、全身の血流が狂ったように循環する。すると滑らかな動きで、女教師が上体を起こしていった。

Ｅカップが遠ざかっていく代わりに、ヒップが下腹部に戻っていく。

そしてぴたりと押しつけられて、再び美奈子は馬乗りになった。

「うわあああっ！　美奈子先生！」

視覚も、感触も、どちらも一変していた。

## 4　裸の女教師

二十五歳の超清純派。そんな女教師の一糸まとわぬ全裸。

どんなモデルでも、女優でも、ＡＶアイドルでもグラビアクイーンでも敵わない素晴らしさだった。

頭のてっぺんから、シーツについている膝まで、何も隠されていない。

神が創りし自然の神秘。人工物は眼鏡だけだ。

肢体の曲線は優美きわまりなく、腕やウエストは余分な肉がついていない。そのくせバストやふとももののグラマーさは過剰と言っていい豊満さだ。

健太の目は泳ぎ、女教師の体のあちこちを見る。

バストだけでも乳房、乳輪、乳首と三つの要素があるし、臍や鎖骨といった場所も最高にセクシーだ。

悩むうちに体が勝手に選択を行った。女教師のヘアに視線が集中した。

豆球の光に照らされて、やはり赤い色に染まっていたものの、光沢のある黒さは感じ取ることができた。

健太の下腹部は、美奈子の秘部がぴったり当たっていることを伝えている。温かくて、とても柔らかい。びしょびしょに濡れているのも興奮させられる。形もぼんやり伝わっているのに、決して目にすることはできない。

先生のオマ×コが見たい、と手足をじたばたさせたくなるほど切望したが、女教師はそんな気持ちを見抜いているのか、さらなる〝攻撃〟をしかけてくる。

股間を健太の腹の上で動かしだしたのだ。

愛液でびしょびしょに濡れているから、女陰も健太の腹もぬるぬるしてきて、縦横無尽に滑りだした。

「ああっ！　先生のオマ×コの形が分かる！」

健太は思わず叫んでしまっていた。

女陰が開ききっている様子や、勃起したクリトリスが当たっているのを感じ取ることができる。

「健太くんったら、なんていやらしいんですか！　ああぁっ、本当ですか⁉　先生のオマ×コは、どうなっているんですか⁉」

「ぬるぬるしていて、う、あああっ！」

健太は説明しようとしたが、あまりの快感に、それ以上は言葉が続かない。

腹部だけでもたまらないのに、実は肉棒にも強烈な快感が襲いかかっていた。

女教師がヒップを動かすと、亀頭が当たる時があるのだ。

特に尻の谷間に亀頭が挟まってしまう時があり、両脇から甘美な肉が肉棒の先を挟み込むように迫ってこられると、意識が飛びそうになる。

女教師は清楚なお嬢様としての雰囲気も奇跡的に保ちつつ、全身から淫靡なフェロモンを発散させ、腰を夢中で振っている。女陰だけでなく、瞳も濡らしているから潤みきっている。

あまりの官能に、健太の快感は苦痛の域に達してきた。

眉間に皺が寄り「ううっ！」と呻いてしまった。すると女教師が切羽詰まった声で呼びかけてきた。

「け、健太くん、携帯電話は傍にありますか……？」

「……あ、あり、ます、美奈子先生」

健太も死にそうな声で答え、脇に置いてあった携帯を摑んだ。

何をすべきなのかは分かっている。ぶるぶると震える腕を何とかコントロールし、携帯を女教師の股間の脇に当てた。

すると美奈子は肢体を反らせるようにして、両足と両手をシーツにつけて股間を持ち上げてくれた。

女陰は健太の方を向いたが、まだほとんど何も見えていない。

女教師が叫んだ。

「健太くん、先生のオマ×コを携帯で照らしてください、何もかも見てっ！」

「美奈子先生！　うわあああっ！」

健太も絶叫しながら、ボタンを夢中で押した。

ディスプレイの光は、横側から女教師の秘裂を照らす格好になった。

健太は視界のズームを、限界を超えるような勢いでアップにした。

秘密の股間が突然、何もかも、はっきりと見えた。感激の極みに達していると、美奈子が心底から嬉しそうに叫んだ。

「ああっ！　健太くんのオチン×ンが、どんどん大きくなってます！　こんなに凄いのに、まだ膨らむなんて！」

女教師の女陰を目の当たりにした興奮に、肉棒はヒップに向かって激しく脈動していた。

とにかく股間の全てが、鮮やかなピンク色なのだ。

愛液でびしょびしょになっているから、携帯の光を浴びて輝いている。眩しいと感じたほどだった。

クリトリスは既に皮がむけていて、突起が顔を出してしまっている。

小さくて可憐な印象が強いが、それでも屹立の勢いは相当なものだ。健太の肉棒と同じようにぴくぴくと震えているから極めていやらしい。

だが、それでも女陰の迫力には敵わない。

いい意味で色素が薄く、清純な女教師の雰囲気にぴったりだ。

それでいて、唇は既にぱくぱくと開閉していて、涎のように蜜を垂れ流している。淫らきわまりない、という表現でもまだ不足を感じる。

健太の視線を浴びせかけられた美奈子は悲鳴を上げる。

「ああっ！　熱いです！　健太くんの視線が、もう……。ああっ！　ね、ねえ、先生のオマ×コはどうなっていますか、教えてください！」

女教師の唇から「オマ×コ」という言葉が飛びだすだけで、健太は射精しそうになる。空いた左手を握りしめ、爪を手のひらに食い込ませる。

その痛みでかろうじて正気を維持し、健太は口を開く。

「き、綺麗です……」

「ああああっ！　嬉しいです、健太くん……。で、でも、それだけですか？」

美奈子が求めているものは分かっている。

もっと積極的に言葉で責めて欲しいのだ。だが、やはり躊躇する気持ちは強い。愛する女教師を汚してしまうような気がする。

悩む少年の背中を押したのは、女教師の奔放さだった。

ヒップを浮かべると、ゆっくり回しだしたのだ。淫らなダンスは、まさに最高級のストリッパーだ。女陰は健太に向かってきたり遠ざかったりする。もちろん携帯の明かりを浴びながらの行動だ。

気がつけば健太は、口を動かしてしまっていた。

「美奈子先生！　オマ×コはぐちょぐちょに濡れていて、うわあっ、割れ目もぱくぱくと開いていて、本当にスケベです！」

「健太くん、そうです、その調子です！　とっても上手！　だから先生がプレゼントをあげます！」

美奈子はヒップを健太の口に向けてきた。

少年の視界には、女教師の女陰がどんどんアップになって迫り、そして最後は何も見えなくなった。

唇は柔らかな感触を感じ取り、鼻腔は妙なる香りで埋め尽くされる。

健太は携帯から手を離してしまった。

「先生のオマ×コは全部、健太くんへのプレゼントです！　舐めて、吸って、めちゃめちゃにしてください！」

健太が無我夢中で唇を開くと、女教師の愛液が流れ込んできた。唾液と同じように透明感のある味だが、やっぱり、より一層、いやらしい。

健太は愛液を飲みながら、舌を伸ばしていく。

「ああっ！　き、気持ちよすぎて、あああっ！　先生のオマ×コ、凄いことになっている！　健太くん、恥ずかしいっ！」

だが言葉とは裏腹に、女教師は少年の顔の上で腰を振る。

今度は前後への動きだ。そのため健太が舌を伸ばしておきさえすれば、クリトリスから女陰までをくまなく舐めることができた。

「健太くんったら！　そんなことをされたら、先生のクリトリスもオマ×コもいやらしくなっちゃって、腰も止まらなくて、ら、らめぇぇぇっ！」

自分は何もしていないのに、という疑問が健太の脳裏に浮かんだが、巨大な興奮に翻弄されてどうでもよくなった。

クリトリスは肉が尖りきっていて、舌を跳ね返すような弾力がある。こりこりとした質感に満ちている。

女陰は、ねっとりとしていてどこまでも柔らかい。割れ目を舌先が通過すると、そのまままずぶずぶと沈み込んでいきそうになる。

「先生ばっかり感じちゃって、ご、ごめんなさい。あ、ああっ！　こ、これじゃあ教師失格です！」

美奈子は謝ると、健太の顔の上で体を回転させ始めた。

舌がちょうど女陰の真ん中に当たっている時だったから、それを支点のようにして「回れ右」をしていく。健太が反射的に舌を直立させてみると、女教師は「ああっ！」と歓喜し、脚をがくがくと震わせた。

女教師はバランスを崩しそうになったが、何とか百八十度体を逆に向けることに成功したようだ。そして、肉棒へ手を伸ばしてきた。ゆっくりとしごきながら、教え子にささやきかける。

「健太くんのオチン×ン、こんなにびんびんになっちゃって、本当にたくましいですけれど、それだけ辛いですよね……。先生が助けてあげますね」

「美奈子先生！」

少年が悲鳴を上げると、女教師は天女のような優しい口調で言った。

「さあ、健太くん、先生のオマ×コに来てください」

## 5 生・童貞喪失

健太は呆然と、美奈子を見つめていた。

あまりのショックで頭の働きは鈍かったが、それでも目の前の光景を一生、心に焼き付けておかなければならないという崇高な義務感は感じていた。

アイドル教師は、一糸まとわぬ姿で、ベッドに横になっている。

いまだに上半身に学ランとワイシャツを着ている少年は、下半身は全裸で肉棒を激しく勃起しながら、シーツに膝をついて見下ろしている。

女教師は、自宅や学校で見せる清純な雰囲気を失ってはいなかった。眼鏡をかけていることも、そうした印象を強くするのに大きな力を発揮していた。

だが、とんでもない淫乱さを全身から発散しているのも事実だった。

瞳は淫靡にとろけてしまっていて、唇は半開き。Eカップの巨乳は健太を挑発するように盛りあがっていて、乳首は高く屹立している。

足もしどけなく開かれていて、股間も見えてしまっている。クリトリスは健太の肉棒に負けないほど勃起していて、女陰も開かれて愛液が漏れ続けている。

（こんなに綺麗で、こんなにかわいくて、そしてこんなにいやらしい美奈子先生で、僕は童貞を捨てることができる……）

まさに万感としか言いようのない感情がわき上がってくる。

少年の気持ちを、女教師は完全に理解してくれているようで、ただひたすらじっと待ってくれている。

その優しさに甘えようとした瞬間、肉棒が激しく上下動した。

まさに、ぴくん、と震えたのだ。

肉棒に「とっとと挿入しろ」と叱られた気がした。

健太は、学校で授業を行い、男子も女子も魅了してきた女教師の姿を思い浮かべながら、肉棒を自分の手で握り、狙いを定めた。

「み、美奈子先生……」

「どうしました、健太くん？」

「コンドームを、つけたいと思うんですけど、どうすればいいですか？」

健太が顔を真っ赤にして言うと、美奈子はにっこりと微笑を浮かべた。

「少なくとも、今日はいりません。先生は安全日なんです。だから、健太くんのたくましい生チ×ポを、先生のスケベなオマ×コにずっぽりと入れてください」

女教師は「さあ、来てください」とささやきかける。さっきは天女という言葉が浮かんだが、今はまさに女神だ。

そんな美奈子の手がゆっくりと伸びてきて、健太の肉棒を優しく握りしめ、オマ×コに近づけていく。

その奇跡のような美しさ、淫らさに、健太は心臓が止まってしまいそうになる。

唇を必死で噛みしめながら、ひたすら女教師のリードに身を任せる。

やはり緊張していて、男根が女陰に接近していく様子は、相当なスローモーションのように見えた。

もう美奈子先生のオマ×コにはたどり着けないのではないかと不安になった頃、亀頭が秘裂の先端に当たった。

健太は思わず「ああっ！」と少女のような声を上げてしまった。すると美奈子が切羽詰まった声で叫び返した。

「健太くん！　先生のオマ×コに生チ×ポを入れて、早く！　たくさん、たくさん、先生のスケベなオマ×コに、入れてぇぇぇ！」

少年は自分の意志で、指で肉棒を持ち、秘裂の入り口に亀頭をあてがう。腰に力を入れて前に進めようとすると、女教師も下半身を動かして受け止めてくれた。

「一緒に、入れましょうね、健太くん！」

「み、美奈子先生、あああっ！」

二人のテンションが急速に高まっていく中、とうとう肉棒が膣内に吸い込まれていった。憧れの女教師に、何の隔たりもない、生まれたままの勃起を、蜜で溢れる女陰へと収めていくことができたのだ。

「あああっ！　健太くん、先生のオマ×コにオチン×ンが突き刺してきます！」

「は、入っています！　僕のチ×ポが、美奈子先生のオマ×コに、入っています！　ああああっ！　こ、こんなに気持ちいいなんて！」

健太の叫びは、正真正銘、本心から沸き上がったものだった。

初めての経験だから比較することはできないが、英語教師の膣はぎゅっ、と収縮して、肉棒をくわえ込んで離そうとしない。

もし、万が一、中がこれほどぐしょぐしょに濡れていなければ、きっと肉棒を動かすことは困難だっただろう。それほどの締めつけだった。

「あああっ！　やっぱり先生が考えた通りでした！　健太くんのオチン×ンは太くて、硬くて、とってもすごくて、あああっ！　先生は狂っちゃいます、可愛い教え子のオチン×ンに溺れちゃいます！」

「ぼ、僕も先生のオマ×コは気持ちよすぎます！　こ、これじゃあ、先生と毎日セックスをさせてもらっても、まだ満足しないかもしれません！」

「いいのよ、健太くん！　いつでも、どこでも、したくなったら先生に言ってください！　先生は健太くんのために、オマ×コを開いて、生のオチン×ンを受け止めてかわいがってあげたいんです！」

「美奈子先生！　美奈子先生！」

女教師の淫らな優しさに、少年はただ名前を連呼することでしか答えることができなかった。

だが、体の方は意外な健闘を見せる。

無意識のうちに、健太の両手は美奈子のEカップを揉み、尖りきった乳首を指の腹で転がす。

「あ、あああっ！　き、気持ちいいですよ、健太くん！　先生のおっぱいとオマ×コが、こんなにかわいがってもらって、ああっ！　な、なんて上手なんですか、健太くん！　お願いですから、もっと生のオチン×ンで先生のオマ×コを突いてください、もっと手で先生のおっぱいをもみもみしてください！」

健太が腰を振ると、美奈子も同じように腰を振る。

少年が女陰を味わい尽くそうとすれば、女教師は肉棒をとろけさせようとする。

健太は、腰をぐいぐいと使いながら、必死に唇を噛みしめた。そうでもしないと、すぐに精液を出してしまいそうだった。

いや、肉棒を突き込むと、ぶるんぶるんと揺れる巨乳を見ても達しないのが既に奇跡なのかもしれなかった。

「健太くん、先生は、あああっ、せ、先生は、世界一、幸せな女です！　オマ×コが喜んでいます！　こんなになるなんて、こんなにスケベになるなんて初めて、オマ×コが感激して泣いているみたいなんです！」

「美奈子先生のオマ×コ、ぐちょぐちょに濡れていて、すごくスケベです！」

「こ、これだったんですね！　先生が求めていたセックスは、これだったんです！　健太くんに生のオチン×ンを入れて、激しくずぼずぼしてもらうことが、先生の夢だったんです！」

悩乱の度合いを強める女教師に、とうとう少年が屈服する瞬間がやってきた。もうすぐ、肉棒から精液を放ってしまうのだ。健太は興奮と同時に、恐れ多さも感じた。その混乱した思いをエネルギーに、さらに腰を振る。

「あああぁっ！　美奈子先生、僕はもうダメです！　先生のオマ×コが気持ちよすぎて、美奈子先生のオマ×コにかわいがられて、僕のオチン×ンはもう、イッちゃいそうです！」

先に屈服することは認めなければならない。

（でも、一回でも多く突いて、美奈子先生に気持ちよくなってもらうんだ！）

健太はベストを尽くそうともがきながらピストン運動を続けた。

しかし、奇跡が起きた。

信じられない言葉が、女教師の唇から叫ばれたのだ。

「健太くん！　せ、先生も、もう駄目ですっ！　健太くんのオチン×ンで、先生はイッちゃいますっ！　大好きな、健太くんの、硬くて太くて、とっても若々しいオチン

×ンでイカされちゃうんです！　は、はああっ！　せ、先生はもう、お、おかしくなっちゃうっ！」

一緒に達することができるかもしれない。

そんな希望が、高校生の胸に沸き上がる。だが、そんな考えを持ってしまうと、肉棒が溶けそうになった。

「美奈子先生！　僕ももう完全にダメなんですっ！　先生のオマ×コで狂わされてしまっています。あ、ああっ！　イッちゃいます！　教えてください、ぼ、僕は、僕はどこでイケばいいか、教えてください！」

叫びながら、健太は目を見開く。

Eカップは激しく上下左右に踊り、さらに女教師の美貌に乗っていた眼鏡がずれ、少し可憐な瞳が出現してしまったのが、きわめていやらしかった。

すると女教師は、決定的な言葉を口にした。

「中で出していいんです、健太くん！」

「そ、そんな、先生が妊娠してしまいます！」

「妊娠してもいいんです！　せ、先生は、先生は、健太くんの赤ちゃんがとっても欲しいです！　健太くんのお嫁さんに、健太くんの子供のママになりたい！」

「あ、あああああっ！　先生、先生、美奈子先生！」

健太は美奈子に覆い被さると、必死に抱きしめて腰をめちゃくちゃに動かした。すると女教師は「健太くん！」と叫んだ。

「先生のオマ×コを健太くんの精液で満たしてください！　今は赤ちゃんを作ることはできないけれど、先生の子宮に向かって、健太くんの元気な子供たちを、たくさん、たくさん、放ってくださいぃっ！」

健太は「イキます、先生のオマ×コに、たくさん中出しします！」と声を限りにほえた。そして上体を垂直にして、もっと肉棒を奥へ突き込もうとした。

英語教師の陰唇は一部が開いていて、そこから大量の愛液を漏らしていた。

少年の肉棒が激しく出入りするたびに、竿を伝って漏れ、ベッドのシーツに大きな染みを作っていく。

健太は、蜜の海のような美奈子の女陰に、心から溺れた。

肉棒は膨脹し、美奈子の女陰が歓喜して締めつけてくる。健太は射精寸前の快楽に夢中になっていたが、それは発射をこらえようとするむなしい抵抗、のはずだった。

ところが何と、先に女教師が屈服した。

「いぃいぃい……ぃ……い……イク……イクぅぅっ！」

痙攣しながら、エクスタシーの頂へ上り詰めていく。

「あ、あああっ！　美奈子先生！　僕もイキます！　先生のぐちょぐちょのオマ×コに、精液をたくさんぶちまけます！」

そして少年と女教師は、声をシンクロさせた。

「い、イクぅぅぅぅっ！　イクぅぅぅっぅ！」

健太が最後の一突きを、どん、と膣の奥深くまで到達させた。

その勢いで、亀頭は子宮の最も近くまで接近し、その先から大量の精液をほとばらせた。

健太の射精の勢いは、凄まじかった。

もう失神に近い状態をさまよっている女教師の体が、ぴくん、と震えた。

どくっ、どくっ、どくっ、どくっ、どくっ……。

健太の肉棒は脈動を繰り返し、どんどん精液を発射していく。

美奈子は四肢を震わせながら、女陰で白濁液を飲み尽くしていく。

そして、二人の意識が飛んだ。

# 第五章　先生と僕は「蜜愛中」

## 1　おはようの××

火曜の朝。早朝。

美奈子の背後で、がばっ、という音がした。

振り向くと、ベッドの上で健太が上体を起こしていた。きょろきょろしているのは寝ぼけているからだろう。

(あっ……。オチン×ン、凄く大きい……)

少年は全裸だ。

起きた時の動きで、ブランケットがはねのけられていた。そのため股間が丸見えになっていて、ペニスが屹立しているのがはっきりと分かる。

美奈子は昨晩のエクスタシーを思いだし、女陰が濡れた。中で射精されるということが、あれほどの快感を生むとは思ってもみなかった。

(健太くんにはこれからずっと、私の中でイッてほしいです……)

そんなことを考えながら、美奈子は健太に挨拶をした。

「おはようございます、健太くん」

机に座ったまま、美奈子は微笑を浮かべて挨拶した。

健太は「美奈子先生……」と呟いて、立ち上がると自分が全裸だと気づいて「うわあっ」と驚いてしまった。慌てて両手を使って股間を隠す。

その様子が可愛く、とてもおかしくて、美奈子はくすくす笑ってしまった。

美奈子はからかうように言ってみた。

「ふふっ、健太くんったら、何を恥ずかしがっているんですか？　昨日、二人であんなにいやらしいことをいっぱいしたのに」

「えっ!?　昨日？　昨日って、今は……？」

どうやら朝だと気づいていないようだ。美奈子はパニック状態の健太を見つめ、それからガラス戸に視線を送る。

意味は伝わったようで、健太はガラス戸に駆け寄る。

背中を向けたから、少年らしい引き締まった尻が美奈子の視界に飛び込んできた。

カーテンを開けるのももどかしいようで、切れ目を見つけると中に顔を突っ込んでしまった。

強烈な太陽の光に照らされたのだろう。「うわあ」という声が聞こえてきた。美奈子もさっき空を見たが、雲一つない快晴だった。

健太はカーテンから顔を出し、美奈子の方を向いてきた。

「学生服だけは脱ぎましたけど、死んだように寝てました。きっと、これまでの悩みが全て解決できたからだと思います。先生も同じでした。ぐっすり眠れました」

「み、美奈子先生……」

健太は感激したように呟いた。美奈子はにっこり笑った。

「さあ、健太くん。先にワイシャツや下着、カバンを先生の家に持ってきてください」

そう言うと、健太は不思議そうな表情で聞いてきた。

「いつもなら、朝ご飯を食べた後に、僕が部屋に行くんですけれど」

少年が予想した通りの疑問を口にしたため、女教師は嬉しくなった。そして、起きてからずっと考えていたことを口にした。

「もし健太くんさえよかったら、とにかく必要最小限のものを、先生の家に持って来ませんか？　隣同士でこんなことを言うのは変ですけれど、健太くんとはひとときも離れたくないんです。先生と一緒に住んでほしいんです」

最初、少年の顔は驚きで満たされた。

それが次第に、感激へと変わっていく。

「先生、美奈子先生！」

健太は泣きそうな顔で叫ぶと、美奈子の膝に駆け寄ってきた。

無我夢中で両足を抱きしめると、顔を埋めて左右に振る。子供のように甘えてくる教え子の髪の毛を、女教師は優しく撫でる。

「先生に考えがあるんです」

美奈子が言うと、健太は顔を上げた。真っ直ぐに見つめてくる。その純真さに、英語教師の頬は赤らみ、照れながら唇を動かした。

「健太くんに、もらってほしいものがあるんです」

「な、何でしょうか」

「先生の部屋の、合鍵です」

「ああっ、美奈子先生！」

少年の瞳が輝き、女教師はこれほどまでに喜んでくれるのなら、もっと先に言っておけばよかったと後悔した。

「健太くん、喜んでくれているだけじゃなくて、興奮もしてくれているんですね。うふふっ。とってもエッチで、とっても可愛いですよ」

すると、ロマンチックな気持ちに水を差されたと感じたのだろう。健太が意外に強い口調で抗議してきた。

「ぼ、僕が興奮しているなんて、どうしてそんなことを言うんですか?」

少年は真剣だが、女教師は思わず「ぷっ」と吹きだしてしまった。やっぱり、まだ自分の状況を完全には把握していないらしい。

視線を下に向けながら、美奈子は理由を説明した。

「だって、先生は健太くんのオチン×ンを見ているんですよ。合鍵の話をしたらぴくぴくって動きだして、とってもいやらしいです」

「あ、あああっ!?」

朝勃ちしていたことをすっかり忘れていたらしく、健太は美奈子の体から飛び退くと、慌てて下半身をチェックした。

そして再び両手で隠そうとするのを、美奈子は「ダメですっ!」と叱責した。

健太が「先生!」と泣きそうな声で言うのに構わず、美奈子は立ち上がった。そして少年に近づくと、素早くしゃがみ込んだ。

ちょうど女教師の目の前に、少年のペニスがある。

熱く見つめてみると、健太は「はああっ……」と吐息を漏らし、ゆっくりと手を離していった。

「健太くんは昨日、たくさん出してくれましたね。先生は本当に幸せでした。健太くんは、どんな感じでした？」

ストレートに訊くのが一番だと思ったのは、回答に逃げ場を与えないためだった。どうやら健太は覚悟を決めたらしく、深呼吸をしてから口を開いた。

「夢みたいでした。ぼ、僕、本当に凄く、凄く嬉しかったです……」

女教師の心臓は、どきん、と跳ねる。少年が可愛くて、愛しくて仕方がない。本当に食べてしまいたいと思う。

健太と愛し合えていることが信じられず、美奈子は問いかけてしまう。

「今日も先生は健太くんをたくさん愛しちゃっていいんですか？　ううん、今日だけじゃなくて、これからもずっとずっと、エッチなことをしていいんですか？」

「も、もちろんです、美奈子先生。僕がお願いしなきゃいけないぐらいです」

美奈子はゆっくりと立ち上がった。

そして、健太の顔を真正面から見つめて言う。

「今朝は、二人ともとっても早起きしました」

ここまでは、普通の口調で言えた。だが、次に伝えたいことを考えると、さすがに恥ずかしくなってきて、頬が赤くなってしまった。

しかし、唇は勝手に動いていく。

「だ、だから、もし健太くんがよければ、あの、その、エッチなことをしたいって思うんですけど、どうでしょうか？」

泣きそうな声で聞いてみると、健太は「美奈子先生！」と悲鳴のように叫ぶことで感激を伝えてくれた。

美奈子は、大胆になれる勇気を得て、健太に尋ねる。

「ありがとう、健太くん。そ、それじゃあ、先生のオマ×コに生で中出し、お願いしてもいいですか？」

問いかけると、健太も顔を真っ赤にして、うつむいてしまった。

だが、自分の足を見つめるような姿勢のまま、小さな声で「な、中出しを、先生のオマ×コにしたいです」と言った。

美奈子は瞳が潤んでくるのが分かった。

少年にうれしさを伝えようと、思い切って壁に両手をつき、ヒップを思いっきり突きだしてみた。

「さあ、来てください、健太くん」

「美奈子先生！　ああっ！」

健太は激しく両手で腰を摑むと、勃起しきった肉棒を女陰の入り口に当てた。

美奈子は自然と腰を振りながら、教え子に懇願するような声を出す。

「先生は、とっても、とってもしてみたいことがあるんです。そ、それを、健太くんに相談……。あ、あああっ！　健太くんの生のオチン×ンが、先生のいやらしいオマ×コに入ってきました！」

少年は、まるで「分かりました」という返答の代わりとでもいうように、覆いのまったくない肉棒を挿入させてきた。

朝日を浴びながら、十五歳と二十五歳のカップルは、激しい立ちバックに没頭していく。既に女教師の膣の中には、少年の先走りが撒き散らされていた。

## 2　一緒に登校中

健太は朝のセックスを終えると、美奈子と一緒にシャワーを浴びた。

そして自宅に戻り、着替えを取りに行った。その間、美奈子は朝食と弁当の調理を始めてくれた。

戻ってくると、朝食ができていた。今朝はパンと卵、そしてサラダ。

一緒にダイニングで食べると、だんだんと登校時間が迫ってくる。健太は学生服を着て、そして美奈子も出勤用の服を身にまとった。

今朝の英語教師は、ピンク色のブラウス。胸元には大きなリボンがついていて、まさに最強の可憐さだ。

下はいつもと同じようにフレアスカート。だが、たぶん、これまでに学校で着てきた中で最も丈が短いだろう。ミニとはいえないまでも、女教師のふとももがかなり見えてしまっている。

また、非常に珍しいことだが、女教師はジャケットを羽織っていた。だが、どこをどう見ても、美しすぎて、可愛すぎる女教師なのは間違いない。

清純で、真面目そうで、非の打ち所がなさそうだと一目で分かる。

女教師の自宅で、健太は弁当を受け取る。ある意味で、このことが一番、憧れの美奈子先生と結ばれ、恋人同士になったのだという実感をもたらした。

一緒に玄関を出て、廊下を歩く。その時に美奈子は健太に腕を組んできた。

たちまち、むにゅっとした巨乳の感触が伝わってくる。

（あ、あああっ、そんなことをされると、オチン×ンが大きくなっちゃいます！）

健太は悲鳴を上げた。

だが、それを口にすることはなかった。そんなことをしたら、女教師のEカップが離れていってしまう。

とはいえ、どんどん股間には力がみなぎってきている。こうなると、自分は絶倫と考える他はない。

それはうれしくもあり、恥ずかしくもあり、何だか複雑な気持ちだが、高校生活を考えれば大問題だ。美奈子と結ばれても校内で勃起に悩まされるのだとすると、本当に困ってしまう。

十五歳の少年が、そんなことを考えて悩んでいるうちに、エレベーターの前に到着した。女教師がボタンを押すと、すぐに到着した。

腕を組んだまま、二人で中に入る。

誰もがそうするように、健太は階数が表示されるランプに視線を向けた。

するといきなり学生服の股間を、優しく握られた。

「み、美奈子先生！」

「ふふっ、健太くんったら、こんなに大きくしちゃって……。先生、とってもうれしいです」

何と返事をしたらいいのか分からず、健太がひたすら戸惑っていると、美奈子が恥ずかしそうにささやいてきた。

「先生、あまりフェラチオの経験がないんですけれど、時間はそんなにありません。もし健太くんさえよかったら、駐輪場の奥でしてあげたいんですけれど、健太くんは嫌ですか?」

健太は口をぽかんと開けた。あまりに自分に有利すぎる申し出がまったく信じられなかったからだ。

しかし、女教師の「嫌」という言葉には反応した。

「ま、まさか、嫌だなんて……。み、美奈子先生！」

抗議というか反論は行ったが、後は言葉にならなかった。それでも意志は伝わったようで、美奈子は返事をする代わりに、健太の肩に頭を乗せてきた。本当に恋人のようなリアクションだった。

駐輪場の奥は、かなり暗い。

夜には電気がついているのだが、管理会社がけちなのか、早朝になると消されてしまう。昼になると確かに明かりはいらないが、今は微妙な時間帯だ。

だが、女教師と高校生のカップルにとっては、理想的な空間となる。

健太が壁に身をもたせかけると、美奈子が地面にしゃがむ。

清楚なジャケットとブラウス、そしてフレアスカートに身を包んだ大人の教師が、学生服を着た少年の勃起を握る。

その光景は、健太を狂わせるのに充分なインパクトがあった。

美奈子は楽しそうにチャックを下ろすと、肉棒を外に導いた。

頬を赤らめながら「下手だったら、ごめんなさい」と謝る。もちろん健太は反論しようとしたが、形のいい唇があっという間に勃起を含んでしまったので「ううっ！」とうめくことしかできなかった。

とはいえ、女教師の唇は肉棒の先端を唇でくわえただけだ。なのに、気持ちよさは比類がない。

「気持ちいいです！　美奈子先生の口の中は温かくて、柔らかくて、うあっ！」

「んんっ！　んんんんっっっ！　じゅる、じゅるるるーーーっ！」

女教師の声は、後半になると唾液の音に変わってしまった。その淫猥さに健太の脳天が痺れた。

じゅる、じゅる、じゅるるるるーーーっ！

吸引音が駐輪場に響き渡る。

肉棒の感触は、女教師が唇を根本まで進め、口の中で猛烈に舌を動かしていることを教えてくれた。音は、溢れる先走りを飲んでくれていることを伝えている。

あまりの快感に、肉棒が溶けてなくなってしまうような気がした。

「美奈子先生、そんなことされたら、イッちゃいます！」

健太が泣き叫ぶと、女教師は唇を肉棒から離して叫び返した。

「イッてください！　先生の口の中に、健太くんの精液をいっぱいくださいっ！」

喋っている時は、右手で猛烈に竿をしごくいやらしさだ。

健太が「うわあっ！」と悩乱すると、美奈子は唇を肉棒に戻した。

亀頭の先から根本まで、猛烈に唇が上下する。女教師が華麗なセミロングを振り乱し、顔をピストン運動させているのは明らかだった。

しかも、指で健太の睾丸を優しく触ってくる。

勃起しきっているため、玉は硬く引き締まっている。それを甘美な手で包み込み、まるで射精を促すように揉みほぐしていく。

「うわあっ！　も、もう駄目だぁっ！」

そんな愛撫をされればひとたまりもない。

健太は体を反らしてしまい、肉棒を女教師の口腔へ突き進めてしまった。

「んんんんんっ！　んんんんんっっっっ！」

喉の奥に亀頭が当たり、女教師は苦しいはずなのだが、それでもうめき声には歓喜の響きしか感じられなかった。

「み、美奈子先生、イッちゃいます！　あああっ、出ちゃううぅぅぅ！」

健太が目をしっかり閉じて吠えると、股間が爆発した。射精の音が聞こえたような気がした。亀頭から飛びだした精液は、女教師の喉の奥を直撃したのか「ぐほっ！」と美奈子が咳き込んだ。

だが、その後は「むむむむむっ！」と、どんどんザーメンを飲み干していく。それどころか、やはりじゅるるるる、と音を立てて積極的に吸引していく。健太は「うあああああっ！」と吠えながら、どんどん白濁液を出し続ける。

射精はまったく止まる気配がない。健太の意識はどんどん薄れていくが、睾丸の奥から飛びだした精液は噴きあがり続け、女教師が飲んでも飲んでも涸れることはない。まるで油田のようだ。

「んんっ、んんっ、んんんんっ！　んんんんんっっっっ！」

女教師は飲精に必死だが、うめき声は歓喜の色で満ちあふれている。

「美奈子先生！　先生！　せんせぇぇぇぇっ……」

健太の咆哮は尾を引いて長く伸び、どんどんかすれていった。

## 3 甘い放課後

放課後。

健太の肉棒は、やはり浅ましいほど勃起している。

駐輪場で口内射精を終えると、健太は美奈子に釘を刺された。

「これからは絶対にオナニーをしないでくださいね。先生の体は健太くんのものです。でも、健太くんの精液だけは、先生のものなんです」

異議はない。それどころか感動した。

だが、辛いのも事実だ。

昼休みや、こうして美奈子を待っている間にも、肉棒はあまりの勃起に痛みすら感じる。大半の生徒が帰宅するか部活の練習を開始し、閑散とした校舎のトイレでも、健太は精液を放つことができない。

気が狂いそうになっていると、とうとう携帯にメールが届いた。

文面は見なくても分かる。

健太の高校は、偏差値の割には伝統だけは豊富だ。そのために校舎が老朽化しており、生徒数の減少にも対応するため建て替えが進んでいる。

美奈子のメールは、間もなく使用が開始される南校舎、しかも、その裏口に来いと書かれているのだ。

裏側に回ると、最後の仕上げを行うためなのか、内装の資材が置かれている。

もちろん新校舎は全ての入り口が施錠されている。工事は一時中断中らしく、生徒どころか作業員の姿も見えない。

走って待ち合わせ場所に向かうと、もう既に美奈子は扉の前に立っている。健太がやってきたことを知ると、見たこともないカードを挿入口に差し込んだ。

警備装置らしく、グリーンのランプが点滅を開始し、しばらくするとがちゃりと解錠された音が聞こえた。

女教師と教え子は、ドアから中に入る。

いきなり、新築の匂いが鼻孔に押し寄せた。

こんなところで、これから自分たちはセックスをする。

その大胆な計画は、健太を激しく興奮させた。

おまけにオナニーを禁止されているため、肉棒の疼きはただごとではない。健太の体は急激に熱く燃えた。

フレアスカートの中で、女教師のヒップが揺れていた。

おなじみの光景なのに、学校で見るとまったく違った味わいがある。

それに、いつものように盗み見るのではなく、多少は堂々と視線を向けることができる。

ピンクの生地には肉のラインすら浮きあがっているようで、美奈子が脚を動かすたびに左右が交互に盛りあがって揺れている。

肉棒が勃起してきて、そして教室に到着した。一階にあるクラスだ。

不思議な空間だと思った。

黒板は設置されているが、保護するための透明なフィルムが貼られている。教壇も教卓も搬入されているものの、生徒の椅子や机は一つもなかった。

がらんとした教室に、美奈子と健太は足を踏み入れていく。

健太は本来なら生徒の机が並ぶ場所に立ち、女教師は教壇に立った。

眼鏡をかけ、清楚な服装とシンプルなパンプスで足元を固めた女教師が黒板を背景に背筋を伸ばしている。

その姿は、ＣＭ写真の世界だった。

女教師は眼鏡を光らせ、腕組みをしながら、じっと少年を見つめている。

両腕は胸元の真下に当てられていて、ぐぐっ、と持ち上げるような格好になっている。バストを強調しようとしているのだ。

肉棒はズボンの中で震えるが、健太は隠そうとしない。美奈子が恥じらいながらも熱く見つめてくるからだ。たちまち教室は淫靡な空気に包まれた。

「美奈子先生、ジャケットを脱いでください」

健太が呼びかけると、美奈子は頬を赤らめた。眼鏡の中の瞳は潤み、いやらしい顔になる。

女教師は自分の職場で、従順にジャケットを脱いだ。

眼鏡とブラウスとフレアスカート、そしてパンプスを履いている女教師の姿を、少年は携帯を取り出して撮影する。

画像をチェックして、美奈子がジャケットを教卓の椅子にかけたことも見届けた健太は「廊下に出ましょう」と言う。

美奈子に先に歩くよう促し、背後から女教師のヒップを堪能した。

ジャケットがなくなったため、腰からヒップのラインを全て見ることができる。たったこれだけの違いでも、見た目のインパクトは増す。

階段に到着した。

美奈子は振り向き、健太を見る。

顔全体が真っ赤になっている。唇は少し開いていていて、喘ぎ声を漏らす時のような形をしている。強烈にセクシーだし、全身からフェロモンがあふれている。

「ブラウスを脱いでくれますか、み、美奈子先生？」

健太が言うと、美奈子は小さく「ぁっ……」と声を漏らした。

女教師は苦痛と歓喜をない交ぜにしたような表情で、全てのボタンを外した。

そして震える手でブラウスを脱いでいく。

少年は全身を震わせている。しゃがんでしまいそうになるのをこらえていると、美奈子のブラジャーが出現した。

デザインは極めて華やかなものだった。

色はイエローとホワイト。イエローをバックにひまわりが描かれていて、花の方が白なのだ。つまり背景と花の色が反転したようになっているのだが、デザイナーのセンスは抜群だった。

女教師の清潔感が豊かなブラウスの下に、こんなに華麗でセクシーなランジェリーが隠されていた。

写真を撮るのは大変だった。

手ぶれ補正がまったく効かない。それほど手が震えていた。

何度もやり直して、やっとのことで成功した。

チェックのために画像を見てみると、セミロングのアイドル教師はとんでもない格好で校舎の中に立っていることを実感した。

何しろ、巨乳はブラジャーでしか覆われていないのだ。

それに清楚で知的な眼鏡が加わるのだから、強烈な魅力が複合的に重なりあい、正気を保つことすら難しく思える。

健太は見惚れそうになるのを必死に堪え、美奈子に頷いてみせた。

ブラウスは階段の手すりにかけてから、女教師と少年は階段を昇っていく。

健太は真横に立ってみた。あからさまかもしれないが、揺れるブラジャーは絶対に見たかったのだ。

顔を向けると、期待以上の光景が待ち構えていた。

ブラはワイヤーが弱いのか、ゆさゆさと激しく動いている。

カップだけでなく、収まっているはずの乳房も弾んでいて、今にも飛びだしてしまいそうだ。

肉棒は限界まで勃起しているから、もう膨れることはできない。行き場を失った血流は、竿を上下に脈動させる。

健太がバストを凝視すれば、美奈子は股間の蠢きを熱く見つめる。

少年と女教師は自らの卑猥さを素直に出すようになり、いやらしい空気を発散させていく。

二階に着くと、女教師は教室に入り、やはり教壇の上に立つ。

「じゃ、じゃあ、今度はす、スカートを」

さすがに健太は言葉に詰まってしまった。

興奮で胸がいっぱいになったからだ。それは女教師も同じようで、言葉を発することもできないようだった。

それでも、体はいやらしくくねっている。

震える指がフレアスカートのホックを外すと、音が無人の教室に響き渡った。チャックの方も、ちーっ、という音が健太の耳に届いた。

ウエスト部分がルーズになり、スカートは足元へ落ちた。

思わず健太は視線も下げてしまい、シックなパンプスとフレアスカートだけをアップで捉えてしまった。

慌てて目を上に向けると、いきなりパンティが出現した。

あまりの驚きに声は出なかった。

デザインの基本はブラと同じなのだが、それでも健太が驚喜してしまったのは、フロントが凄かったからだ。

ライン自体は強烈なハイレグパンティだ。股間の先端からきゅっ、と上がっていて、腰骨のところまで達している。

これも興奮させられるが、何より凄いのはパンティの中心だ。

例の真っ白なひまわりが描かれているのだが、背景色のイエローが存在しない。つまり、フロントはシースルーなのだ。

ひまわりは大きいから、パンティの前面を覆い尽くしてはいる。

だが、花弁にはわずかな隙間があり、そこには確かに黒い部分が存在する。どう考えても、女教師のヘアであることは間違いなかった。

教室の中で、陰毛がわずかに見えているパンティを着た女教師が立っている光景は、もはやシュールと言えるのかもしれない。

だが、そのセクシーさは比類がない。

健太は夢中でシャッターのボタンを押し、画像をチェックした。

イエローとホワイトのブラと、シースルーのパンティ、そして眼鏡とパンプスという組み合わせは無敵で、セクシーというよりは最高にエロかった。女教師が被虐的な表情を浮かべているのもたまらない。

しかし、何かが足りない、と健太は引っかかった。何が足りないのかと考えているうちに、健太は思い当たった。

ポーズだ。

昨晩のベッドの上で、女教師が女豹の格好をしたことが脳裏に浮かぶ。

あれほど大胆な格好を要求することはできないが、自分が見たいものを頼むぐらいなら何とかできそうだ。

健太は恐る恐る、女教師に声をかけた。

「後ろを向いてくれますか、美奈子先生……」

「は、はい……。大丈夫です……」

美奈子は恥じらいながらも、体を回転させてくれた。

絶対にTバックだとは思っていた。心の準備は万全のつもりだった。ショックで携帯を落としたりしたらかっこ悪い。それだけはしないように自分に言い聞かせた。

すっ、と女教師の背中が現れ、少年の視線はヒップに集中した。

予想は当たっていたが、インパクトは想像以上で、結局、健太は驚愕の極致に突き落とされてしまった。事前の心構えなど、何の役にも立たなかった。

ウエストの真ん中には、小さくて上品なひまわりが飾られている。

色はやはり白。

冷静に見つめることができる部分は、それだけだった。

イエローのラインは、めちゃくちゃに細かった。

昨日はリボンぐらいだったが、これは紐だ。糸だ。面ではなく、一本の線が走っているに過ぎない。

美奈子先生のお尻が、丸見えだ！——健太は圧倒されながら、何とか携帯のボタンを押す。

かしゃっ、という作動音がして、画像がディスプレイに表示された。

黒板に向いた女教師は、実質的には裸の尻を座席側に向けていた。

だが、決してＴバックは存在感を失っていない。

ウエストのひまわりもそうだが、ヒップの谷間に食い込む生地も圧倒的に卑猥で、視線が吸い寄せられてしまう。

「い、行きましょう、美奈子先生……」

少年が呼びかけると、美奈子はスカートを教卓の上に置いた。

そして女教師は下着だけの格好で教室を出て、廊下を歩きだした。

階段を昇り始めると、健太はどこを見つめたらいいのか分からなくなり、血反吐が出るかと思うほど悩んだ。

揺れるブラも見たいし、弾むヒップも見たい。

眼鏡が似合う美貌も凝視したい。

なのに時間はあまりない。すぐに三階に到着してしまう。

健太は泣きそうになりながら、それでも結局、美奈子の背後を選んだ。

目をいっぱいに開くと、健太は思わず「うわあっ！」と叫んでしまっていた。まさにスカートの中を透視したのと同じ状態になっていたからだ。

女教師の右脚が上の階段を踏みしめている時は、右のヒップが豊かに盛りあがって揺れる。左脚が上がれば、左がぷるんと弾む。

ヒップと脚の付け根から、真っ直ぐにふとももが伸びているのも最高だった。尻肉だけでなく、むちむちとした素肌が交互に健太の視界に迫ってくる。

しかも女教師は、さりげなく上体を前傾させ、ヒップを突きだしてくれた。少年は下から見上げる格好になっているから、クロッチに視線を向けることができた。

Tバックの〝ロープ〟は、ヒップの谷間に埋もれる形で股間へ続いている。幅はアナルや女陰を隠すことができるぎりぎりだ。

女教師が階段を上がっていてもまったくずれることなく、ぴったりと貼りついている。いくら眼を凝らしても、ピンク色の秘肉が顔を出すことはなかった。

しかし、もっと驚くことがあった。

女陰脇の素肌が、本当に真っ白なのだ。昨日はナチュラルなヘアがきちんと繁茂していた記憶があるのだが、今は影も形もない。

健太の好奇心は膨らんで、新しい興奮が芽生えた。女教師はさらに脱ぎ続けるから、いつかは答えが分かる。健太は生唾を飲みこんだ。

三階では教室に入らず、廊下に立つことになった。

奥に向かって教室が並ぶという遠近法的な空間をバックに、女教師は背筋を伸ばし、凛とした姿勢で立つ。

「ブラジャーを脱いでください、美奈子先生……」

声がどれだけ弱々しくても、女教師は頷いてくれる。視線を逸らさず健太を見つめたまま、手を背中に回す。

ところが、突然、美奈子がいきなりしゃがみ込んでしまった。

死ぬほど驚いたが、すぐにポーズを取ってくれてるのだとは分かった。

だが、そのいやらしさと言ったらなかった。

女教師はヒールの上にヒップを乗せた。脚は開ききられていて、完全なM字開脚だ。パンティはハイレグだから、股間に柔らかく食い込む。

そして胸を反らせるようにして、ホックを外していく。こんなに興奮させられるポージングがあるのかと思う。

美奈子の表情は、羞恥に震えているようでも、健太を挑発しているようでもある。

腕を抜いていくのだが、カップが胸の真上に位置しているから、健太の目にはまだ乳房は捉えられない。

期待が膨れあがって、心が張り裂けそうになった瞬間、遂に女教師がブラジャーを脱ぎ捨てた。

イエローとホワイトの鮮やかなブラが宙を舞い、廊下にふわりと落ちた。

真っ白な乳房と、ピンク色の乳輪と乳首が、健太の目と心に飛び込んできた。乳房は持ち上がっていて、乳首は勃っていて、何もかもが完璧だった。

健太は写真を撮ると、しゃがんでいる美奈子に手を差し伸べた。

「あ、ありがとうございます、健太くん」

女教師は微笑を浮かべたが、声はやっぱり震えている。

手を握って、引っ張るようにして立ち上がる。すぐにEカップのバストが急接近してきて、健太は死にそうになった。

あえて手は離して、二人は歩き続ける。

健太の視界は、ごく自然に、上下に弾む乳房を捉えている。わざわざ顔を向ける必要もなかった。それだけの存在感であり、それだけ動きが大きいのだ。

朝、美奈子を立ちバックで攻めながら、女教師が「夢のプレイ」を恥じらいながら説明する声に耳を傾けていた。

その時、どうして服をフロアごとに脱いでいくのか、健太はいまいちぴんときていなかった。

ほとんど何も考えていなかったし、実際に始めてからも、服を持って移動するのが面倒なのかと思っていた。

だが、眼鏡とTバックとヒールだけという格好で、裸の乳房を揺らしながら歩く姿を見ていると、この状況がどれだけ美奈子に快感を与えているのかよく分かった。

たとえ準備中の校舎でも、誰かが来る可能性はゼロではない。

もしそんなアクシデントが起きれば、女教師は最低でもブラウスとスカートは必要とするはずだ。

ところが二つとも一階に脱ぎ捨てられてしまっている。そのスリルが美奈子を精神的に興奮させているのだ。

もちろん、健太も猛烈に昂ぶっている。

最愛の、最も尊敬している女性がパンティ一枚とパンプスという格好で校内を歩いているのだ。

しかも顔の眼鏡は絶対に外されないから、女性の職業が女教師だということを何より強烈に伝えている。

そこまで考えた瞬間に、健太は猛烈に後悔した。

動画を撮影しようともしなかったのだ。

美奈子も気づかなかったから仕方ないとはいえ、やはり思いつくべきだった。

健太は携帯を取り出すと、動画の撮影を選択してレンズを向けた。

美奈子は最初、写真を撮られると思っていたようだが、いつまでたってもシャッター音がしないことに気づいたようだ。

顔をたちまち真っ赤にして「ああっ！」と呻いた。

校内で露出する姿を映像として記録されるのは、女教師にとっては甘美な屈辱なのだろう。もう表情はセックス中のものとまったく変わらない。

女教師と少年が強烈な官能に我を忘れていると、階段は踊り場で唐突に終わりを迎えた。これまでのものに比べるとちょうど半分だ。

考えてみれば、三学年が使うのだから、四階は必要ないはずだ。

それならば、この半分の階段は何のためにあるのかと言えば、その答えは鉄製の頑丈そうなドアが奥に設置されていることが答えになりそうだ。

「美奈子先生、パンティを脱いで、裸になってくれますか？」

健太が静かに言うと、美奈子は頷いた。

手を腰に当てると、そのままTバックを真っ直ぐに降ろしていく。

たちまち上体が傾いて、Eカップが豊かに垂れ下がっていく。

本当に素晴らしい光景だ。

健太は股間に視線を集中させた。ハイレグのフロント部分が下がりきると、女教師のヘアが姿を見せた。

美奈子の陰毛は、パンティと同じ形に処理されていた。

つまり真っ黒な二等辺三角形が視界に飛び込んでいるわけで、光沢のある黒さと、真っ白な素肌の対比がたまらない。

携帯をかざし、連続してシャッターボタンを押し続けた。

これまでの撮影が美しさを追求したものだとしたら、これはドキュメンタリータッチだといえる。

無骨なドアの前で女教師がTバックを脱ぎ、眼鏡とパンプスだけの格好になる過程を全て収めていく。

踊り場には窓ガラスがないため、少し薄暗くはなっている。

しかし、今日の太陽光線はとても強く、光が校内中に満ちているから、基本的な光量は充分に確保できた。

昨晩のベッドの上とは異なり、女教師の肢体は頭のてっぺんから爪先まで、影に隠れてしまうような場所はどこにもなかった。

圧倒的なボディの隅々を心ゆくまで堪能することができる。

女教師は小さな生地を両脚から引き抜くと、全裸になった。

眼鏡をかけた女教師のヌードを全て目の当たりにし、なおかつ足は靴を履いているという姿は、この世のものとは思えないほど卑猥な光景だった。

しかも美奈子は、くるりと背を向けるとヒップを突きだした。

健太はシャッターを切りながら、ヒップも股間も自然のまま画像として収められるのを確認した。

アナルと女陰は圧倒的なピンク色で、ため息が出るほど蠱惑的だ。

少年に撮影させながら、女教師はドアノブにTバックをかけた。

そして再び体を回転させると携帯のカメラの方を見た。

健太はシャッターを切るのを止めた。

そして前に進むと、ドアノブを摑み、一気に開けた。ぎいっという重々しい音が響き渡り、強烈な光が溢れだした。

健太は手を額にかざし、目を細くしながら足を一歩、踏み出した。

# 第六章　僕は先生を優しく犯したい！

## 1　屋上！

熱く滾った空気が流れ込んできた。

裸にねっとりとまとわりつくのを感じた。

すると、教え子が外に向かって歩いて行く。

美奈子の目はだんだんと慣れてきた。校舎の屋上は白いコンクリートのようになっていて、光を乱反射しているのだ。

数メートルほど離れると、健太が振り向いた。

少年は女教師に携帯を向けながら、ボタンを操作していた。きっと撮影モードを静止画から動画に切り替えているのだろう。

しばらくすると、準備ができたようだ。緊張した口調で「来てください」と言った。

とうとう、聖職者である自分は、裸で外に出る。

しかも、それを教え子の携帯で撮影されてしまう。

なんて、淫らな女教師なんだろう、と美奈子は心の中で呟いたが、それは決して苦痛に悲鳴を上げているのではない。

自分がどれだけ卑猥なことをしようとしているのか確認をしたかったのだ。

その証拠に、女陰はびしょ濡れで、愛液は階段の床に落ちそうだ。

パンプスしか履いていない女教師は、眼鏡をかけた瞳で周りの光景を確認すると、外に向かって歩きだした。

頭上は真っ青な空に埋め尽くされた。

水平方向はまず校庭が見え、その下には街が拡がっている。

高校は小高い丘に建っている。

だから周囲にビルなどはなく、それこそ背後は自然を残した森だ。

もともと文教地区としての色彩が強い場所だが、その中でも飛びきりの一等地だ。

地域でも非常に評判のロケーションだ。

しかし、そんな学校で露出プレイに興じるのだから、美奈子は本物の変態であると言えるかもしれない。

自分の勤務先で服を脱ぎ、全裸で外を歩き、しかもそれを男子生徒に見せて興奮している。おまけに携帯で記録させ、破廉恥な姿を永遠に残そうともしている。

美奈子は強い興奮ばかりでなく、強烈な解放感を味わっていた。

長いトンネルを抜けたようなものだった。

これまでの女教師はずっと、自分を直視することを避けていた。

つまり、性欲から逃げ続けていた。

だが、今は真正面から向き合い、その欲望を完全に解き放った。心の底から喜びが沸きあがっている。

女教師はできるだけ綺麗に歩こうと決めた。

もちろん興奮してしまっているから、いやらしいフェロモンは発散されまくってしまっている。

瞳は潤んでいるし、乳首も勃起している。それどころか、ひょっとすると愛液を屋上に垂らしてしまうかもしれない。

自分の淫乱さを隠すつもりはない。

だが、それとは別に、美しく歩きたかった。

背筋を伸ばしたかった。変態の女教師であるということを少年に堂々と見せつけ、その全てを記録してもらうことで自分を誇りたかった。

健太は息を呑んでいるようで、視線を美奈子に向けたり、携帯のディスプレイに注いだりしている。

その慌てぶりを見て、相当な迫力で歩行できているのではないかと自己採点した。

美奈子はカメラの位置を確かめながら、校庭の方を目指して歩きだした。

健太も携帯をかざしながらついてくる。

校舎の端に来ると、そこには手すりが設置されていた。転落防止というには低く、高さは胸元ぐらいしかない。飛行場の展望台のようになっている。

女教師は手すりを摑むと、ヒップを突きだした。

向かいの旧校舎には屋上がない。そのために、一応は、この屋上を見ることができるのは、それこそヘリコプターや飛行機のパイロットだけだった。

だが、新校舎に忍び込んでくる生徒がいる可能性はゼロであると断言することは絶対にできない。

スリルで激しく感じてしまった美奈子は、思わず叫んでしまっていた。

「ああっ、健太くん！　先生は、いやらしい先生は、とっても興奮しちゃっています！　先生は変態の露出狂なんです！」
興奮に四肢を震わせると、まずEカップがゆさゆさと揺れた。
こんな姿を誰かに見られてしまったらと考えたが、すぐに、健太には見られている
し、カメラにも記録されていることに思い至った。
動画が永遠に保存されると思うと興奮する。美奈子は「ああっ！」と呻きながら健
太を見たが、学生服のズボンは膨らみきっていた。
「う、嬉しいです、健太くん！　オチン×ンが勃起しているんですね！　ああっ、せ、
先生はどうですか？　裸の女教師を見て、どんなことを感じますか、ああん！」
「すごく綺麗で、それで……す、すごく、変態です……」
健太が絞りだすような声で言い、美奈子の官能はさらに深まった。
「う、嬉しいです！　先生の体を、健太くんに丸ごとあげます！　す、好きにしてい
いんです。何をしてもいいんです。スケベで変態の男の子が、変態の女教師としたい
ことを何でもしてください！」
女教師が叫ぶと、少年は「うっ！」と呻き、いきなりしゃがんでしまった。
次の瞬間、女陰に熱い視線が浴びせかけられ、美奈子は「あああっ！」と喘いでし
まった。

健太はまだ言葉では返せないものの、行動で責めてきた。

「健太くん、もっと、先生のオマ×コを見てください！　露出狂教師のぐちょぐちょのオマ×コを見てぇぇっ！」

美奈子は淫らに叫ぶと、両脚をもっと開いた。

クリトリスに視線が飛び、その快感で皮がむけて肉芽が飛びだした。

次は女陰が凝視され、漏れた愛液はふとももまで伝わる。

最後はアナルにも容赦なく注がれて、開いたりすぼまったりするのが自分でも分かってしまった。

まったく触られていないのに、巨大な官能が襲いかかっている。少年の視線だけでなく、太陽の光さえも女教師を責めてくる。

自分の素肌が照らされて輝く。

「あ、あああっ！　健太くんたら、本当にいい子ですね！　ぎらぎらとした、いやらしい視線が、先生のクリトリスをいじめてくれています！　見られているから、健太くんが先生の恥ずかしいところを見てくれているから、感じちゃうの！」

女教師は巨乳と尻を振り、ただならぬ快感の世界へ溺れていく。

少年がどこを見ているのかは視線の熱さが伝えてくれる。純粋な好奇心と、真っ正直な欲望が伝わってきて、美奈子の性感は何倍にも膨れあがる。

ところが、女教師の秘裂が歓喜するようになると、素早く視線が移動してきた。

陰唇がぱくぱくと口を開けたり閉じたりする。奥から透明な液がひっきりなしに溢れ、ふとももまで濡れていく。

そして健太は、やはり最後にアナルを見つめてきた。

たちまち桃色のすぼまりはひくひくと蠢く。

美奈子の意志に反して喜んでしまった。

「あ、あああっ、駄目です、健太くん！　そ、そんなところを見られたら、恥ずかしくて……。あ、ああっ、止めてください！」

だが、拒否する言葉は唇から溢れても、健太は傲慢に無視する。それどころか、さらに大胆な行動に打って出た。

いきなり、アナルに健太の唇が当たった。

「あ、ああああっ！　け、健太くんったら、何てことを！　ら、らめぇぇぇっ！」

美奈子は心の底から驚愕した。

凄まじい官能を得てはいた。だが、あまりの羞恥心にパニック状態になったのだ。

「ああっ！　ら、らめですぅぅっ！　そ、そこは汚いから、らめぇぇぇぇぇーっ！

け、健太くんったら、らめだったら、らめだって、ひぃあああああっ！」

必死に説き伏せようとしても、少年は本心ではないと見抜いているらしい。

一気に顔を尻の谷間に埋め、夢中でアナルを舐めだした。

特に舌先を尖らせて穴に入れ、次第に拡げながら舐められていくのは、本当にたまらなかった。全身が甘美な電流で支配された。

とうとう美奈子は、アナルで感じてしまっていることを認めた。

「き、気持ちいいぃっ！　ど、どうして、こんなにお尻が感じちゃうの！　健太くんがたくさん舐めてくれるから、あ、ああっ！　ああああああっっっっ！」

高校の屋上には女教師の喘ぎ声だけでなく、ぺろぺろ、ぴちゃぴちゃ、という唾液の音も響き渡った。

「先生は、ここまでどうしようもないスケベだとは思ってませんでした。ああっ、恥ずかしいですぅぅっ！　高校生の男の子にお尻の穴を舐められて、ああっ、あああっ、感じちゃってます！　気持ちよくて、おかしくなっちゃうぅっ！」

美奈子の狂乱に満足するように、健太はひたすら舐め続けてくれる。とうとう激しいエクスタシーの波が襲いかかってきた。

「健太くん、お願いですから助けてください！　ど、どうしよう、先生はイッちゃいそうなんです！　こんなところでイクなんて女教師失格です。どうか、どうか、お願いですから、止めてくださいっ！」

　涙声で懇願すると、健太はアナルから舌を離した。

「イッてください、美奈子先生！　変態教師として、お尻の穴の快感に狂って、野外でイッてください！」

　シンプルな〝命令〟だったが、美奈子の羞恥心を吹き飛ばすには充分だ。

「ひぃっ！　ひぃあああああっ、い、イクぅっ！　イキますぅっ！　健太くん、先生は聖職者なのに、教え子にたくさんいじめてもらって、かわいがってもらって、そして愛してもらって、イッちゃいます！　い、いやぁぁぁあっ、らめぇぇぇ、イクぅぅうぅっ！」

　健太の唇は、アナルに最大限、押し当てられ、舐めるというより吸うような感じになっていた。

　そして、美奈子の意識は完全に飛んでしまった。

　全身の力が、がくっ、と抜けた。

　もし手が柵を握りしめていなかったら、きっと頭は床に落下していただろう。

　上体も顔も完全に下がりきってしまい、まるで鉄棒にぶら下がっているような体勢になってしまった。

逆に、ヒップだけは高々と持ち上げられた。

上半身が落ちた反動で、限界を超えて突きだされ、健太の顔面と衝突した。少年はむしろ一層舌の動きを激しくして、舐めまくることで圧力を押し返した。

美奈子の頭は真っ白で、強烈なエクスタシーに翻弄されている。

「あああぁぁぁぁぁぁぁぁぁぁ……」

健太が、自分の淫乱さを受け止めてくれている。

そのことに心から感謝しながら、露出狂の女教師は高校の屋上で激しいエクスタシーに惑溺していった。

声はかすれていき、柵を握っていた手の力もなくなった。

美奈子はゆっくりと倒れていった。

## 2 危険なセックス

少年は立ち上がった。

女教師が柵から手を離してしまい、崩れ落ちていく。

素早く回り込んで、両手だけでなく体を使って支えた。

高校生が、全裸の英語教師を抱きしめる。

Eカップの胸が健太にぴったりと当たり、むにゅっ、と潰れる。その柔らかさに酔いしれながら、健太は美奈子と一緒に床へ寝ていった。

自分が背中を屋上にくっつけて、美奈子が覆い被さってくるような格好にする。そして手を回して背中を強く抱きしめる。

とうとう、やった……。

健太の心の中に、達成感が広がっていく。

打ち合わせで先生から指示を受けたやり方ではなく、自分自身のやり方で愛する先生をイカせることができた。

(アナルを舐めたのは、僕のアイディアなんだ……)

誇らしげな気持ちでいっぱいになっていると、急に女教師が顔を動かした。

美奈子先生、と呼ぶ間もなく、視界は完全に塞がれた。

そして、ねっとりとした舌が男子高校生の口に突き進んできた。

健太はさらに強く抱きしめながら口を開け、自分も舌を差し入れた。

屋上で、女教師と少年は激しいディィープキスを始める。

美奈子は狂ったようにすがりついてくる。手が頭に伸びてきて、情熱的に撫でると、耳を経由してうなじに降りてくる。

「んんんっ……」

気持ちよさに健太が吐息を漏らすと、美奈子の手が胸元に触れた。

そして、少年の学生服に、女教師の指先が当たった。

ところが、突然に手は離れ、キスも中断されてしまった。

何が起きるのかと思っていると、女教師は思いっきり舌を伸ばした。その姿は非常に卑猥だ。

健太の心がときめくうちに、耳と首筋をなめられた。

「はああっ！　せ、先生、ああっ！　気持ちいいです！」

健太は愉悦の声を漏らした。すると美奈子が不思議そうな顔になり、胸から唇を離してしまった。

反射的に、手を伸ばして女教師の手を握った。

そして、繋いだ手を学生服のズボンへ持っていった。

たちまち美奈子は体をよじらせた。

健太の胸元に当たっていたEカップが揺れて弾む。

「健太くんのオチン×ン、とっても大きくなってます！　ああん！」

「美奈子先生、も、もう、僕は我慢が、我慢ができなくて、ああっ！」

「ああっ！　せ、先生は、健太くんをいじめすぎちゃいましたか？」

「そ、そんなことはないんです。ないんですけど、苦しかったのは事実です」

　正直に言うと、美奈子は「ごめんなさい！」と叫び、全力で健太を抱きしめてきた。全裸の女教師を学生服の少年が抱きしめ返す。

「先生、本当にひどいことをしました。あああっ！　健太くんのオチン×ンが苦しんじゃっているのが分かります！　先生の手の中で、ぴくん、ぴくんって震えていて、ああっ、とってもかわいそうなことをしてしまいました……。で、でも、とってもたくましくて、凄く興奮しちゃいます！」

　英語教師は呻きながら、学生服のズボンにできた〝テント〟を狂おしそうに撫でさすりだした。

　野外で全裸の女教師が、高校生の肉棒に夢中になっているという光景は、信じがたいほどいやらしい。

「健太くん！　こ、このオチン×ンを、どうしたいですか？　教えてください！」

　切羽詰まった口調はセクシーで、どんどん成長してきたはずの健太は、いきなり十五歳の内気な少年に戻ってしまった。

もちろん先生のオマ×コに入れたい。ところが、これほど互いの性癖や素顔を見せ合っていても、それを口にすることができない。

欲望は強烈なのに、健太は「いや、あの」などと口ごもってしまう。

すると、美奈子が笑顔になった。

「先生に任せてくださいね、健太くん」

女教師は上体を起こし、少年に寄り添った。手がズボンのベルトに伸び、優しく外していく。

「み、美奈子先生……」

健太は呆然と呟き、美奈子を見つめることしかできない。

ベルトが抜き取られる。

ホックも外され、チャックが下ろされる。

すると、ウエストとズボンは大きな隙間ができた。

美奈子は滑らかな動作で、ズボンを脱がせていく。健太も屋外で裸に近い格好になっていることになるが、それは不思議な興奮をもたらした。

少年の服装は、ボタンが全て外されたワイシャツ、インナーのTシャツ、そしてトランクスだけになった。

　女教師は慈愛に満ちた表情を浮かべながら、いよいよ指をトランクスにかける。すっ、と引かれる感覚が伝わって来たが、すぐに、ぐっ、と引っかかった。

「健太くん、ごめんなさい。先生、また同じことをしちゃいました。ふふっ。先生はドジですね。ふふふっ」

　自分のことを「ドジ」と言いながらも、美奈子はとても楽しそうだ。

　健太の顔は真っ赤になってしまった。何だかとてもエロティックで、どう返事をしたらいいのか分からない。

　必死に頭を動かそうとしていると「安心してください」と優しい声をかけられた。

「先生、今度はちゃんと脱がせてあげますね、健太くん……」

　指がトランクスの前面に来ると、ぐいっ、と持ち上げられた。そして、ゆっくりとトランクスはふとももへ向かっていった。

「あ、あああっ……。美奈子先生……」

　女教師が下着の脱がせ方を上達させていることもいやらしいが、何より凄いのは肉棒に太陽と美奈子の視線が降り注がれることだ。

　肉棒は、ぴくん、ぴくんと震える。

だが、これ以上膨らむことはできないし、角度も増しようがない。そのため亀頭が膨張して先走りを漏らし、臍の辺りが濡れてしまった。

とうとう健太の下半身は、丸裸になってしまった。

美奈子の手が伸びてきて、肉棒を優しく握る。

「美奈子先生！」

「健太くんのオチン×ン、びんびんなんですね。ああっ……。本当に我慢してくれたんですね。先生、とっても嬉しいし、健太くんを誇りに思います」

眼鏡をかけた女教師が、股間を熱く見つめながら感嘆し、真っ白な手が肉棒をゆっくりと上下していった。

肉棒は先走りでぬるぬるしている。指は亀頭の先から根本までスムーズに動く。少年はたちまち追い詰められた。

「そんなことをされたら、ぼ、僕は、あああっ！」

「うわあ、オチン×ン、どんどん濡れてきていますね……。先生がこうして触っていると、健太くんはどうなっちゃうんですか？」

「い、イッてしまいそうです！」

「健太くんは元気ですね。先生、凄く嬉しいです。イッちゃいたいですか？　先生の手で精液をいっぱい出したいですか?」

「い、いや、あの、そ、それは……」

健太は思わず言い淀んでしまった。

美奈子の手コキで絶頂を迎えるということに不満を持つなんてどうかしている。だが、もっとしたいことがあるのも事実だった。

「じゃあ、このびんびんでエッチなオチン×ンを、先生のぐちょぐちょのオマ×コで気持ちよくしてあげますね?」

実母でもここまでの母性は発揮できないのではないか。そう思えるほどの神々しさで、美奈子の手が健太の肩に伸び、床に横になるように促された。

女教師は立ったまま、健太の体をまたぐ。

そして、ゆっくりとヒップを下げていった。

「美奈子先生! うわ、うわああっ!」

健太の視界はものすごい光景を捉えていた。

自分の上半身ははだけたワイシャツとTシャツ。下半身は丸裸で、足先は靴下とウォーキングシューズだ。

美奈子も服は着ていないから、Eカップもヒップも股間のヘアもあらわになっている。パンプスで床を踏みしめ、脚を開きながら健太のふとももに座っていく。

そして腰が上げられると、女陰が顔を見せた。

「あぁっ……。昼間だから、何もかもはっきり見えている……」

健太は無意識のうちに呟いていた。

携帯電話で照らした時もいやらしかったが、太陽の光がくまなく当たっている秘部の光景も素晴らしい。

クリトリスも陰唇の様子も鮮明で、現実のものとは思えないほどだ。

美奈子は顔を上気させながら、右手で肉棒を掴んだ。健太は「はあっ」と感じてしまうが、さらに女陰が前進してきて竿に当たったからたまらない。「うわあっ！」と悲鳴を上げてしまった。

真っ白な指が肉棒を垂直方向に向けているから、女陰は肉棒に並行する形でぴったりくっついている。

そして女教師は、腰をゆっくりと上げ始めた。

クリトリスや陰唇が竿を滑らかに移動していく。そしてアナルが亀頭に当たると、今度は腰が下がっていく。

「うあああっ！　み、美奈子先生、そんなことをされたら、うわあああっ！」

強烈な快感に、少年はたちまち追い詰められた。

陰唇が愛液を垂らして、竿を滑らかに移動していく様子が丸見えになっている。まさに女陰という〝下の唇〟が肉棒にむしゃぶりついている。

健太の体は弓なりに反り返り、喘ぐ声も「ぅあぁぁっ！」とかすれてしまった。すると美奈子が腰を上下させながら訊いてきた。

「健太くん、もうイッちゃいそうですね？　すっごく、すっごく、溜まっていて、我慢できないんですよね？」

「そ……。その通り……で……す。あ……ぁぁ……ぁぁぁぁ……」

「あ、ああん！　わ、分かりますよ、健太くんのオチン×ンが熱くなってきました。先生のオマ×コも気持ちよくて、もうイッちゃいそうです。いいですね、私たちは二人とも早漏なんです。だから安心して一緒にイキましょう、ああぁっ！」

「い……っ……しょ……。ぁぁぁ……。うれ……しい……ですぅぅ……」

少年は巨大な安心感に包まれた。

肉棒と言うより腰が溶けてしまいそうで、全身が強烈な快感に襲われていた。

すると、さらに女教師が攻撃をしかけてきた。

手を使って、女陰に当たっていない方の肉棒をしごきだしたのだ。つまり、健太の竿は裏側を陰唇に、表側を指で愛撫されていることになる。

肉棒全体が柔らかな感触に包まれて、その挿入感は膣内と変わりなかった。少年はあっという間に追い詰められた。

「せ……ん……せ……い……。い、イキ……ます……。い、ぃぃぃ……」

「出してぇ！　健太くんの精液を、先生のオマ×コに浴びせてください！　ぶっかけてください！　あああっ！　先生もイキますうぅぅぅ！」

健太は美奈子の懇願を聞きながら、自分の腰も突き上げた。何も考えずに行った、本能的な動きだった。

女陰と指で生まれた〝快感空間〟に肉棒を突き入れる形になり、肉棒はたちまち膨脹しきった。尿道管がぱっくりと開き、中から白濁液が飛びだした。

朝から数えて三回目の射精にもかかわらず、ザーメンの奔流は凄まじかった。

あまりの圧力に上手く管を通らなかったようで、最初は断続的に、数回に分かれて噴出した。

だが、すぐにスムーズに流れるようになったのだが、すると今度は逆に噴きあがり続けるようになった。

女教師は腰を振り続けているから、女陰が根本から亀頭まで移動するリズムにあわせて亀頭が震え、精液を放ち続ける。

「熱いですぅ！　健太くんの精液、熱くて、濃くて、あ、あああぁぁぁっ！　も、もう最高ですぅぅぅぅぅっ！」

白濁液は美奈子の股間と手をべとべとにしていく。もちろん、女陰の中に入ってしまったものもあるだろう。

射精が一段落すると、美奈子は体を動かした。

健太の股間の上にあった腰が移動し、いきなり健太の顔に近づいてきた。

それはつまり、アイドル教師の女陰がアップになってくるということだ。

健太の精液で、真っ白に、どろどろになってしまっている。

「け、健太くん、先生の恥ずかしいオマ×コを、たくさん見てくれますか？」

かすれきった、スケベきわまりない声で頼まれると、健太は「はい！」と野球少年のように声を張り上げてしまった。

「先生のオマ×コ、どうなっていますか？」

「ぼ、僕の精液でどろどろになっていて、そ、それで、あとは……」

健太は目をこらしてみたが、正解になりそうなものを見つけることはできなかった。

迷っていると、美奈子が優しい声でそそのかす。

「先生のオマ×コにある、唇のようなところを見てくれませんか？」

「は、はい……。み、見ています、ピンク色の唇を見ています」

「ぱくぱくしているの、分かりませんか？」

健太の全身に電流が走った。

女教師が伝えたいことが、はっきりと分かったのだ。

いわゆる陰唇が、開閉を繰り返している。それはまるで、精液を飲もうとしているようで、まさに唇の動きだった。

「分かります、美奈子先生、僕にも分かります！」

「先生のオマ×コが、どれだけ健太くんの精液が大好きか、分かりますね？」

「分かります！　すごくよく、分かります！　美奈子先生は、生のオチン×ンと精液が大好きな、とってもいやらしくて、そして、とっても優しい先生なんです！」

美奈子は素早く腰を元に戻し、再び女陰と男根を接触させた。

精液を浴びせかけられた女性器と、まだ精液で濡れている男性器は互いを求め合うようにぴくぴくと勢いよく脈動する。

「ああっ！　健太くんのオチン×ンが暴れてる！」

美奈子は感嘆したように叫ぶと、肉棒に尻の谷間を押しつけてくる。

その気持ちよさに健太は「はああっ！」と呻いてしまった。すると「健太くん！健太くん！」と名前を連呼する声が聞こえた。

「み、美奈子先生！　どうしました!?」

「健太くんのオチン×ンが、オチン×ンが、先生のオマ×コに入りたがっています！健太くんだって、生で中出しが大好きな、スケベな高校生なんですよ！」

「美奈子先生！」

十五歳の少年は悲鳴を上げたものの、自分の欲望から逃げないことは瞬間的に決断することができた。

「本当にその通りです！　僕は美奈子先生と、生以外ではセックスしたくないぐらい、先生のオマ×コをオチン×ンで感じたいんです！　そ、そして、先生と結婚したいとも願っているんです！　ああっ、美奈子先生！　先生のオマ×コに、僕の生のオチン×ンを入れたくて入れたくて仕方がありません！」

「あああっ！　嬉しいです、健太くん！　先生がオチン×ンを入れてあげますからね、オマ×コを自由に使ってくださいね！　いっぱい楽しんでください！」

女教師は上体を起こすと、右手で肉棒を握った。

少年は息を呑んで見つめる。パンプスが床を踏みしめ、ヒップが宙に浮く。股間が肉棒に向かって被さってきて、まずクリトリスが亀頭に当たった。

勃起は肉芽を潰すようにして進み、とうとう女陰に触れた。

美奈子の瞳は呆けたようになっていて、凄みのある淫乱さがたまらない。

汗でセミロングの髪は濡れているが、これは気温が高いためではなく、全身が興奮しているからだろう。

くびれの豊かなボディラインは、Eカップが持ち上がるように屹立していて、乳首も前に飛びだしてしまっている。

そして股間では女陰の口が開ききり、いよいよ肉棒をくわえ込もうとしていた。

女教師が腰を下げていくと、亀頭が膣の中に入っていった。

「うわあっ！　先生のスケベなオマ×コが、生チ×ポが大好きなオマ×コが、僕のオチン×ンを食べてる！　うああっ！」

「美味しいです、健太くん！　健太くんのオチン×ンは本当に硬くて太くて、ああっ、あああっ、お、奥に迫ってきますぅぅっ！」

亀頭が膣肉を掻き分けて進み、濡れきった襞が竿にまとわりついていく。

ぐい、ぐい、と締めつけられる感覚は、まさしく健太の性経験が豊かになっていくことを雄弁に物語っていた。

そしてとうとう、視界から肉棒が消えた。

女教師の股間が男子高校生の下腹部に押しつけられた。大人の女性の繊細なヘアと、少年の成長途中の陰毛がくっついた。

膣の中では、亀頭の先にこりこりとした感触のものが当たっていた。美奈子の言う「奥」で、つまり英語教師の子宮の入り口だった。

「これが美奈子先生の、生オチン×ンが大好きでたまらない、どすけべなオマ×コなんですね！　何て温かくて、柔らかくて、僕のチ×ポを握りしめているみたいで……。あああっ、たまらない！」

最愛の女性と一つになれたという精神的な昂ぶりだけでも凄いのに、肉体的な官能も圧倒的だった。

健太が四肢を震わせていると、美奈子が淫らに叫んだ。

「あああっ！　全部が刺さってしまいました！　健太くんの生のオチン×ンが先生のオマ×コを突き刺しています！　こ、こんなに気持ちがいいなんて、おかしくなっちゃうっ！　オナニーも禁止しましたけれど、これからは、コンドームも使用を許しませんからね！」

美奈子は悩乱すると、腰を上下に振りだした。

奥までずっぽりくわえ込むと、性急な動作でヒップを持ち上げていき、膨れきった亀頭が膣の入り口だけでなくクリトリスも巻き込んで圧迫する感触を楽しむ。

そして今度は叩きつけるような勢いで女陰を肉棒の根本へ向けていく。

ずぶずぶと膣肉を掻き分ける音が聞こえてきて、最後は亀頭が子宮の入り口に迎えられていった。

たちまち、ぶしゅ、ぶしゅ、と淫らな音が股間から漏れてきた。

あれだけ女陰は締まっているのだから、どこに隙間があるのか分からないが、溢れる愛液が竿を伝い、少年の腹部を濡らしていく。

「僕も凄く気持ちいいです！　先生の生オマ×コは最高です！」

「あああああっ！　健太くんの生のオチン×ンが、先生の生のオマ×コをいっぱい愛してくれています！　生だから、すごく硬くて、元気がよくて、とっても、とっても太いんです！　あああああっ！　お願いですから、先生のオマ×コを見てくださいっ！　あああぁっ！　生のオチン×ンが大好きな、女教師のオマ×コを見てぇっ！」

美奈子の懇願は、健太を興奮させると同時に、血の気も引かせた。

「そんな！　今でもこんなに興奮しているのに、そんなにいやらしいところを見たら、僕は狂っちゃいます！」

だが、女教師は少年の驚愕などお構いなしだった。

両手を後ろに回して床に付けると、上体を一気に反らした。

「狂ってください、健太くん！　先生のオマ×コを見てぇぇ！　生のオチン×ン以外は受け付けない、スケベなオマ×コを見てください！」

叫ぶと腰を上下方向に激しくグラインドさせていった。

健太は「ぐわあああっ！」と悲鳴を上げた。

まず襲いかかってきたのは意外にも、視覚ではなく肉体的な衝撃だった。

少年の肉棒は、いつものように下腹部に貼りつこうとして、百八十度の角度を目指そうとしていた。

ところが女教師は、結合部を見せつけるためヒップを引いてしまった。肉棒は下向きに引っ張られる格好となったため、根本に痛みが生じたのだ。

「だけど、これって、凄く気持ちも良くて、う、うわあああっ！」

肉棒が元に戻ろうとしているため、竿がクリトリス側の膣肉にぶつかっている。

しかも女陰は潤いきった肉でその反動を抑えつけるだけでなく、その形に合わせて襞を蠢かせてくる。

だから肉棒が膣に引っかかっているような感触が、本当にたまらないのだ。

そんな快感に翻弄されているのは健太だけではなかった。

「ああっ！　当たってます！　凄く気持ちのいいところに、健太くんの生オチン×ンが当たっていて、しかも膨れあがっています！」

美奈子が追い詰められたような声を出して、健太は亀頭が膣の中にある〝くぼみ〟のような場所に刺さっていることを知った。

「美奈子先生、僕もそこが凄く気持ちいいです！」

「健太くん、分かりますよ！　オチン×ンが凄く膨れてきて、あああっ、せ、先生の方が感じて来ちゃいます！　ああっ、あああっ、ど、どうしよう！　この当たっているところって、弱いところなのかもしれません！」

女教師は結合部を見せつけながら、腰を激しく上下させる。

どうしよう、と困惑したように言いながら、相当に気に入っているようだ。亀頭をくぼみにあわせて集中的に責めている。

動きの振幅は小さい。少年の肉棒は根本から三分の一ぐらいは常に露出している。

だが、リズミカルに小刻みに揺れている。

あれほど締まりきっていた女陰が、ぱくぱくと口を開いてきた。

ひょっとすると、健太がまだ絶頂に達する前に、先に美奈子がエクスタシーを迎えてしまうかもしれない。

十五歳の少年が、二十五歳の女教師を、頂上に押し上げる──。それなら思い切って僕も責めてみよう、と健太は決めた。さっきは射精しているのだ。あと少しぐらいなら保ってくれるはずだ。

健太は攻勢に転じることにした。

まず上体を起こした。

対面座位に近い体位になったが、美奈子は上半身を反らしているから、それほど距離が近いわけではない。

少年は両手を伸ばし、女教師のEカップを触ろうとした。

だが、美奈子はリズミカルな騎乗位で体が震えているため、乳房は上下左右に跳ね回っている。健太の手は優しく包むことができない。

躊躇していると、女教師が「大丈夫です！」と言った。

「先生のおっぱいを握りしめてください！　健太くん、お願いですから、ぎゅっ、って乱暴にいじめてぇぇ！」

健太は無我夢中で言われた通りにした。

思い切って手を広げて襲いかかってみると、十本の指が、左右の乳房にずぶずぶと埋もれていく。

ゆさゆさと弾んでいるから、ぶるんぶるんという弾力も伝わってくる。

暴れ回る乳房は、健太の手のひらのあちこちに当たる。

その攻撃的な揺れに圧倒されていると、急に指と指の間にしなやかな感触が飛び込んできた。

女教師の勃起した乳首だった。少年は手を閉じ、突起を挟み込んでみた。

「ひ、ひぃあああっ！　健太くん！　先生のおっぱいがもみもみされて、乳首がぎゅっていじめられて、オマ×コではオチン×ンがぐりぐりしています！　ああああっ！　先生はどれも大好きですっ！　もっとしてください、もみもみ、ぎゅっ、ぐりぐり、どれもいっぱいしてぇえっ！」

美奈子の「してぇえっ！」とろれつの回らない口調が耳に飛び込んできて、健太は反射的に腰を突き上げていた。

肉棒で集中的に攻めてみると、女教師は「ひぃやあああっ！」と悲鳴を上げた。

上体が宙に浮き、Ｅカップがぶるん、と大きく揺れる。

そこを少年は両手を使って揉みまくる。

それからはひたすら同じ動作を繰り返した。ずぼっ、と突いては、むぎゅっ、と揉み、ずぼっ、と突いては、むにゅっ、と握る。

「健太くん！　せ、先生は先にイッてしまいます！　ああぁっ、ごめんなさぁぁぃ！

淫乱な先生を許してくださぁぁぃ！」

女教師が叫んだ瞬間、少年の肉棒に強烈な圧力がかかった。

つまり、膣襞が、肉棒を締めつけたのだ。

「うああああああっ！」

「ぁぁぁぁぁぁぁぁぁぁぁぁぁぁぁっっっ！」

吠えたのは健太、声がかすれたのは美奈子だった。

そして、あまりの締まりと愛液の豊富さに、女陰から肉棒が抜けてしまった。

健太は「はあ、はあ」と荒い息をつきながら、最も聞きたかったことを口にした。

「み、美奈子先生、イッてくれましたか？」

すると、美奈子は余韻に全身をふるわせながら、とろけきった表情で、微笑も浮かべて返事をしてくれた。

「イッちゃいました……。健太くんって、本当にかっこいいんですね」

いきなり意外な賛辞を受け、健太は戸惑った。

だが、すぐに女教師が懇願を始める。

「お願いです、健太くん。先生のオマ×コに、先生が大好きな精液を、いっぱい出して、溢れさせてください！」

「分かりました、美奈子先生！」

少年は、自分のためだけのエクスタシーを思う存分、享受することにした。

肉棒を再挿入する。

まず体を前に出して女教師を抱きしめた。そして、そのまま美奈子の体を倒し、屋上の床に背中を付けさせた。

Eカップは優しく垂れて拡がり、乳首の屹立はさらに増していやらしい。健太は緊張しながら、パンプスを履いた女教師の両脚を両手で持って拡げた。

ヘアとクリトリス、そして女陰が目に飛び込んでくる。

祈るような気持ちで、勃起しきった肉棒を女陰へ向けていった。そのまま進めると、陰唇に触れ、唇を開くようにして入っていく、はずだった。

だが、締めつけが、半端ではない。

膣に入れるというより、埋もれていく段階から、周囲の襞が蠢き、肉棒を猛烈な勢いで包んでしまう。

健太はたまらず、空を見上げて「ああぁっ！」と吠えた。太陽が眩しい。

挿入を拒んだりしているのではない。むしろ膣肉は竿を大歓迎していて、もっと入ってこいと言うかのように吸いついてくる。

だが、脳天が痺れ、背中に電流が走ってしまって、体が動かない。

それこそ、奥まで進めた瞬間、肉棒が暴発するのではないかという恐怖を感じたほどだった。

「こ、これが先生の本当のオマ×コなんですね！」

「そうなんです！　先生のオマ×コは、どんどん、いやらしく、進化しているんです。健太くんの生オチン×ンを永久に愛するため、成長を続けているんです！」

「入れて、すぐにイッちゃっても、いいですか？」

「もちろんです、先生は健太くんの精液が今すぐ、たくさん欲しいんです！　早漏の健太くんが大好きなんです！」

「美奈子先生！」

健太は感極まり、その精神的な勢いで肉棒を一気に進めた。

いきなり亀頭から雁首、そして竿の真ん中辺りまでが、ぐいっ、ぐいっ、と甘美な圧力を受けた。

襞の動きは手コキに近い。

全体をまんべんなく包み、絶妙のスピードでしごきたおされる感じだ。

しかも、亀頭は常に、潮が激突する感覚を伝えてきている。

だから膣の中では少年の先走りや女教師の愛液だけでなく、噴出が渦を巻くようになっていて、それも圧倒的な快感を伝えてくる。

「くっ……。くっ……。み、美奈子せ……。先生ぃぃ……」

健太はまるで拷問を受けている時のような表情になり、苦悶にのたうち回りながらも、何とか肉棒を進めていく。

すると、最後には〝ごほうび〟が待ち構えていた。奥まで進めると突然、亀頭の先が膣肉とはまったく違った優しい感覚で包み込まれたのだ。

「あ、ああっ！　これは、ひょっとして、先生の子宮口！」

少年が未知の体験に驚いていると、亀頭にフェラと似た快感が浴びせかけられた。

穏やかに、なおかつねっとりと、舌が愛撫するような感じだ。

とにかく肉棒の全てを挿入することができた。

健太は歯を食いしばりながら、腰を引き、亀頭を女陰の入り口まで戻す。そして、全ての感覚をもう一度味わってみようと、再び腰を突き入れていく。

最初よりは、少しスピードを上げることができた。

亀頭が肉の襞を分け入っていくと、たちまち竿が蠢く襞に包み込まれていく。肉棒と言うよりは全身が溶けてしまいそうなほど攻撃的な官能だ。

そして根本まで入れると、今度は天国の快楽が出迎えてくれた。

もちろん竿は強烈な快感にのたうち回っているのだが、少なくとも先端部はたっぷりの愛情と情熱で可愛がられるのだ。

要するに、健太の肉棒は先端部をフェラ、雁首から下を手コキされている状態と言える。

苦しさと気持ちよさがない交ぜとなった前半に、ひたすら甘美な快楽を得ることができる後半。

その対比を味わい尽くしたくなり、健太は猛烈にピストン運動を開始した。

「……ぁ。……ぁぁぁ。ぁぁ……。け……。けん……た……くん」

肉棒を女陰に入れたり引いたりしていると、美奈子は意識がもうろうとしてきてしまったようだ。

女教師の顔を見ようとした少年は、視界に飛び込んできた光景に度肝を抜かれた。

今まで結合部ばかり気にしていたから、上半身のことをすっかり忘れていた。

目を向けると、まず上下方向に激しく動くEカップがものすごいインパクトだった。

もちろん、昨晩もベッドの上で堪能した。だが、野外、それも学校で女教師の肉体を堪能しているとなると、そのいやらしさはとんでもなかった。

肉棒を前に進めれば、Eカップは上に弾む。肉棒を後に引けば、Eカップは同じ方向についてくる。

どすっ、どすっ、どすっ、と腰を突きこめば、ばるん、ばるん、ばるん、と乳房が乱れ動くのだ。

そして、他にもう一つ、巨乳と似た動きをするものがあった。

女教師の眼鏡だ。

さすがに乳房ほどは乱舞しない。レンズは常に美奈子の瞳のところにある。

だが、やはり乳房が上がれば、眼鏡も額の手前ぐらいには移動する。下に向かうことはないが、健太が腰を引くと、レンズがきちんとした位置に戻ってくる。

健太は女陰のもたらす〝二重の快感〟に夢中でピストン運動を続けてきた。

だが、このバストと眼鏡の動きもまた、腰を振るう快感を加速させた。

どちらも目眩く感覚で、止めることはできない。

腰を振れば振るほど自分がとどめを刺されてしまうのは分かっているのだが、むしろ早く射精したいとさえ思ってしまう。

思わず「い、イキそうです、美奈子先生！」と屈服が近づいてきたことを口走ると、急に女教師が完全に意識を取り戻した。

「あああぁっ！　き、来てください、健太くん！　先生のオマ×コで、もっともっと気持ちよくなってください！」

美奈子が絶頂を懇願すると、健太の意識は半分ぐらいが吹っ飛んでしまった。

後は本能のまま、牡として咆哮してしまっていた。

「イキます、美奈子先生！　あああああっ！　出る！　精液がいっぱい出る！　僕のオチン×ンから溢れちゃいます！」

「健太くん、先生を愛して！　オチン×ンで殺してぇっ！　いっぱい健太くんの精液を出してぇ！　赤ちゃんの素を先生にちょうらぁいっっ！」

「うわあああああああっ！」

美奈子の淫語で、健太の肉棒から感覚が消滅した。消えて無くなったと思ったほどだった。

腰を思いっきり突き込むと、肉棒は子宮口に収納されたような錯覚を覚えた。

そして、大量の精液を流し込んだ。

「ああっ！　オマ×コが温かい！　健太くんの精液でぬるぬるしてるっ！　先生もイ

ッちゃう！　イクぅ、イクぅ、イクぅぅぅぅっ！」

「美奈子先生！　うわあああっ！」

女教師は中出しの快感で、エクスタシーが連続する。その光景の卑猥さに、健太の精液は止まらない。まるで、体の中で猛スピードで製造された白濁液が、そのまま垂れ流しになってしまっているようだ。

健太が自然と腰を動かしているうちに、何と二回目の絶頂感におそわれた。

「美奈子先生！　うわあああっ！　イキますぅぅぅっ！」

吠えると、肉棒から精液が飛びだした。まだ濃く、大量の白濁液だ。

ただでさえ、精液で満ちていた女教師の膣内に、さらに精液を満たしていく。

「うわあああっ！　と、止まりません、美奈子先生！　気持ちよすぎて、わあっ！」

健太が天を仰いで歓喜を表現すると、いきなり肉棒がねっとりとした、優しい感触で包まれた。

満ちる精液の量が増えれば増えるほど、女教師の膣は名器になる。

そんな感想さえ、健太の脳裏に浮かんだ。

# 第七章　先生と僕の合鍵生活は終わらない

## 1　バニーガール

金曜日。

健太は、緊張と喜びを、同時に味わっていた。

放課後になると、学校から自転車でスーパーに直行した。二軒を回り、最後はアジア料理の専門店にも出向いて食材を調達した。

この日、美奈子は研究会で帰宅が遅くなる予定だった。そのため、健太が夕食を作るのだ。

メニューは決めている。インドネシア料理だ。

変に地元育ちを気取らず、日本でもメジャーなものを選んだ。

前菜代わりのサラダはガドガド。ゆで野菜にピーナッツソースをかけたものだ。おかずはインドネシア風焼き鳥のサテ・アヤム。そして、ご飯代わりに焼きそばのミ・ゴレンを作ることにする。

両親が共働きだから、健太は幼い頃から自炊をしてきた。経験は少なくないが、人のため、ましてや愛する女性のために作ったことはない。

自分も美奈子先生に協力できるかもしれないという希望が喜びであり、味が通用するかどうかが不安の源泉だった。

女教師と結ばれてから、まもなく一週間になる。

あれほど恐れていた週末は、今や楽しみになっている。そして、ひとりぼっちでマンションに帰宅し、合鍵を使って美奈子の家に入るのは最高の喜びだ。

両手にビニール袋をぶら下げて、女教師のドアを開ける。

あの匂いが全身を包む。すると、やっぱり肉棒は反応する。もう自己嫌悪は感じない。美奈子が絶倫であることを喜んでくれるからだが、それでも健太は股間を見ながら苦笑してしまう。

ダイニングのテーブルに買い物袋を置くと、まったくためらうことなく女教師の寝室に移動する。

ドアを開けると、まずベッドが視界に入った。

シングルベッドには、枕が二つ並んでいる。少年はいつもこのベッドで寝て、女教師と激しいセックスに溺れ、必ず膣内に中出しをする。

(僕みたいに幸せな高校生は、世界中のどこにもいない……)

幸運を感謝しながら、クロゼットの引き戸を開ける。

隅っこに、健太のチェストが入っている。これも合鍵生活が始まってから引っ越しをさせたものだ。

学生服を脱ぎ、ハンガーにかける。そして自分のチェストからジーンズとTシャツを出して着替える。

美奈子が愛用しているエプロンを借りると、台所に立つ。

食材を整理して冷蔵庫に収納しながら、まずはお湯を沸かすことに決めた。ガドガドのため野菜を下ゆでするのだ。

「健太くん、すごくいい匂いです! ああっ、うれしいです!」

夜の九時過ぎ、美奈子が感激した声を出した。

健太はだいたいの帰宅時間を教えてもらっていたから、できたてを食べてもらおうと調理の真っ最中だった。

サテはオーブンレンジの中で焼かれており、健太は焼きそばのミ・ゴレンを作ろうと豚肉、ニンニク、そしてタマネギを炒めている。

美奈子は「うわあ」と歓声を上げながら、健太の後ろに立つ。そして両手を腰に回してきて、後ろから寄り添う。

「何を作ってくれているんですか?」

「インドネシアの焼きそばです」

「あ、知っていますよ。ミ・ゴレンですね」

さすが料理がプロ並みだけあり、知識も豊富だった。健太は、料理を作る相手としては最も厳しい「恋人」かもしれないと不安になったが、もう走り出してしまったものは仕方がない。

「健太くん、ひょっとして料理上手でしょ?」

意外な言葉が飛びだし、健太はびっくりした。

「どうして、そんなことを仰るんですか?」

交際しても、美奈子は自分を「先生」と言うし、健太は尊敬語や丁寧語を使う。二人で「変だね」と笑うのだが、そのままにしている。

「切り方と手さばきですね。ずっと料理を作ってきた人って分かります」

健太は照れて「たいしたことありません」と謙遜した。

すると、美奈子は健太の言葉に「あとどれぐらいでできるんですか?」と聞く。健太は慌てた。愛する女教師はよほど空腹を感じているのだろうか。

「す、すぐです！　急ぎます！」

健太は中華鍋を持ち上げようとしたが、何と美奈子は「あんまり早いのは、困りますね」と言う。

なるほど、着替えをしたいのかと思い、健太は「じゃあ、十分ぐらいしたらできるようにします」と訂正した。

「それぐらいの時間があったら、キスができますね、健太くん」

聞き間違いかと健太は思った。

だが、美奈子は体を押しつけてくる。背中で巨乳が柔らかく広がっていき、健太はどんどん興奮していく。

それから、ゆっくりと美奈子の手が健太の肩に伸び、「回れ右」をさせようとする。健太は平常心を失っていくが、何とかガスの火を弱くすることだけはできた。

少年が振り返ると、頬を赤らめた女教師の表情が飛び込んできた。

ごく自然な動作で、二人は唇を重ね合わせる。もちろん、それだけでは欲望が収まることはなく、舌を互いに伸ばし、絡め合わせていく。

「本当においしかったですよ、健太くん！　感激しちゃいました」

食器を片付けながら、美奈子はずっと絶賛を続けている。

それがお世辞ではないことを、健太は理解していた。相当な食べっぷりで、少し多めに作っておいたのに、二人で平らげてしまった。

並んで洗い物を終えると、急に美奈子が耳に唇を近づけてささやいた。

「すてきなお食事の、お礼というわけではないんですけれど、健太くんがひょっとしたら喜んでくれるお土産を買ってきたんです……」

健太は風呂から上がり、ずっと美奈子が来るのを待っている。

着ているものは、Tシャツとトランクス。全ては女教師の指示で、ずいぶんと秘密めかしているというか、凝ったものだった。

一人で入浴し、下着姿で待て。リビングのソファに座り、明かりは暗めにして、そして、目をつぶって待つこと。

理由を聞いても「後で分かりますよ」とにっこりほほ笑まれる。そうすると、もう健太は従うしかない。

今、美奈子がお風呂に入っている。

少年は、無限とも思える時間の流れに耐えながら、ひたすらにじっと待ち続けた。

目をつぶっていると、どうしても女教師の淫らな姿ばかりを思いだしてしまう。

気がつくと、肉棒は半勃ちぐらいになっていた。

もやもやとした気持ちが、どんどん心の中にたまってくる。健太がじっと我慢して耐えていると、かすかな、震えた声が耳に届いた。

「け、健太くん……」

待たされていた分、衝撃も少なくなかった。

健太は体をぴくん、と震わせ、かすれた声で「はい」と答えた。

「目を、つぶってくれていますね？」

「はい。先生に言われた通りにしています」

「何も見えませんね？」

「まったく、何も見えません」

美奈子が「ぁぁっ」と、かすかな吐息を漏らした。

「目を、目を開けてください、健太くん……」

女教師の口調は、ただ事ではない。少年の心臓は、何かの期待を感じ取って激しく鳴り響く。

ゆっくりと、緊張しながら、健太は、両方のまぶたを開いた。

光景が一気に流れ込んでくる。

健太の視界が、完全に復活すると、口がぽかんと開いた。一瞬、現実なのか、夢なのか、わけが分からなくなった。

(僕は夢の中で長い旅をして、今、月曜の夢に帰ってきたんじゃないのか!?)

女教師とのセックスも、合鍵生活も、全て妄想だった。

そんな考えが、頭をよぎった。

なぜ、健太が自分の記憶に自信をなくすほどの混乱に陥ったのか。

理由は、美奈子の服装にあった。

月曜に見た夢とまったく同じ、バニーガールのコスチュームを着ていた。

「ど、ど、どうして……。どうして、ど、ど……」

健太は声を絞り出したが、当然ながら文章にならなかった。

美奈子はますます恥じらいながらも、少年の質問に答えてくれた。

「だって、毎朝、先生が健太くんを起こしにいくと、『美奈子先生がバニーガールになってる！』ってうなされているんですもの」

女教師は、にっこりと笑った。

## 2 フェラからの…

恥ずかしい。

それが美奈子の本音だった。

健太と結ばれてから、常にコスプレのことは考えていた。最愛の少年はかつて、夢を見ながら、激しくうなされていたのだ。母性あふれる女教師にとっては、絶対に「助けて」あげなければならないものだった。

（でも、勇気を出して着替えてみて、本当によかった。だ、だって、健太くんのオチン×ン、あんなにびんびんになっちゃってる……）

教え子は極度のパニックに陥りながらも、トランクスはもう膨らみきってしまっている。いや、それどころか、生地がぴくん、ぴくん、と動いている。

つまり、中で肉棒が痙攣してしまっているのだ。

若々しい男性器の賛美に勇気づけられ、美奈子は足を一歩、前に進める。

体が揺れ、真っ赤なコスチュームの胸元が、ぶるん、と震える。たちまち美奈子の頬は赤く染まる。

だが、眼鏡の中にある瞳は潤んでしまう。

羞恥心も強いのだが、興奮もすごい。

どんどん少年に近づくにつれ、乳房の揺れは激しくなる。上下方向だけでなく、左右にも震える。ぶるんぶるん、だけでなく、ゆっさ、ゆっさという動きも加わる。

かなりハイレグな股間は、じん、と熱く潤ってくる。コスチュームのうち、女陰と触れている部分が湿り気を帯びてくる。

ソファの前に立つと、バニーガールの女教師はカーペットにひざまずく。

股間に顔を近づけ、少年を見上げる。

健太の目は、興奮と感動で大きく開かれている。最高の光景を一瞬たりとも見逃さないという気迫が伝わってくる。

それが、すごくうれしい。

美奈子は健太の視線を全身で受け止めながら、四つんばいのポーズになる。

たちまち少年が「うっ」とうめく。

最愛の教え子が、どこを熱く見つめているのか、美奈子は感じ取ることができた。

まず、耳だ。

性別は違うが、女教師は少年の気持ちが分かる。確かにかわいいし、そして、理由はよく分からないのだが、とてもセクシーだ。

次に視線が動くのは、やっぱり胸元だ。

美奈子は、頬を超え、顔が真っ赤になってしまう。それは、自分でも卑猥だと分かっているからだ。

四つんばいになっているため、胸元は大きく垂れ下がっている。ただでさえ胸の谷間があらわなのに、さらに深く、そして露出度も高くなっているはずだ。

最後に健太が凝視してきたのは、ヒップだった。

それも二段階に分かれていて、最初は尻尾に視線が集中した。これも耳と同じ効果を与えるのだろう。

かわいさとセクシーさを堪能してから、少年はお尻を目で賛美する。

ハイレグだから、ヒップの端はあらわになっている。網タイツに包まれた真っ白な素肌は、確かにバストに負けないほどいやらしいはずだ。

（ああっ、健太くんに、こんなに目でかわいがられると、先生はもう我慢できなくな

げる。
さすがに学習効果が発揮されてきて、端のゴムをつかむと、思いっきり上に持ち上
美奈子は心の中で許しを請いながら、少年のトランクスに指を進める。
っちゃいます。いやらしい女教師を、どうか許してください！）

ところが、少年の勃起は想像以上だった。亀頭は腹部に張りついていて、既にゴムに食い込んでしまっている。

自分でも、どうしてこんなに淫乱になってしまったのかと恥ずかしく思いながら、その光景を目にした女教師の胸は高鳴る。

指を使って亀頭をそっと押し、さらに腹部にくっつける。

健太が「ああっ……」と少女のように喘ぐ。その声に、さらにどきどきしながら、トランクスが破れてしまうのではないかと思うほど引っ張り、ふとももの方へとおろしていく。

少年も腰を上げて協力する。

本当は全部脱がせてしまいたいのだが、もう我慢できない。足首に達すると、これでいいと判断した。

バニーガールのコスチューム。その魅力を堪能してもらおうと、ちょっとだけヒッ

プを振ってみる。

たちまち健太が息をのむ気配が伝わってきて、教え子への愛しさが増す。限りない愛情と性欲が全身から放射されるのを感じながら、女教師は少年の肉棒を唇で含んだ。

「あ、あああっ、美奈子先生！」

健太が叫ぶ。

その切羽詰まった口調は、美奈子にとっては何よりのご褒美だ。もっといやらしくなってみようと思い、頬をすぼめて限界まで吸引してみる。

すぐに「じゅるるるるるっ！」という淫らな音が、リビングに響き渡る。

（先走りが先生の口の中にいっぱい、広がっていますよ、健太くん……。ああっ、すごくおいしくて、とっても興奮しちゃいます……）

吸って、舐めて、しゃぶって、再び吸い尽くす。

少年は「ああっ、あああっ、あああっ」と悩乱しきっている。

最高に興奮させられるはずだし、実際にそうなのだが、しかし、何かが物足りない。

美奈子は乱れに乱れながら、不満の原因を探る。

そして、突然に思い至った。

やはり恥ずかしいのだが、奉仕欲が上回った。いや、単純に性欲かもしれない。

美奈子は唇から肉棒を離した。

たちまち屹立は、びん、とはねるように腹部へ戻り、亀頭が張りつく。

これを垂直に戻すのは大変だが、美奈子は右手で握りしめると、角度を九十度にしていく。

それだけでも気持ちいいらしく、健太は「はあっ!」と感じる。

(これだけじゃないんですよ、健太くん。もしよかったら、エッチな先生の愛撫を楽しんでください……)

女教師は次に左手を胸元に持っていく。そして、コスチュームのバスト部分を引き下げた。

ぶるん!

ものすごい勢いでEカップが飛びだす。

健太が目を見開くのを受け止めながら、やはり左の乳房を手で持つと、思いっきり開いてみる。

胸の谷間が、限界まで広がった。

それを肉棒に密着させると、左右の手を同時に離してみた。乳房は元に戻ろうとして、その結果、二つの乳房が肉棒を包み込んだ。

「あ、あああああっ、美奈子先生！　オチン×ンが消えてしまいました！」

健太は絶叫した。

### 3　柔らかい谷間

とんでもない興奮が襲いかかってきた。

健太の頭は、ずっと真っ白だった。女教師のコスプレ。情熱的なフェラ。それだけでも、射精してしまいそうだったのに、今ではパイズリをしてもらっている。もちろん知識はあったが、こんなに気持ちいいものだとは思っていなかった。

柔らかな肉が、肉棒の全てを包み込んでいる。

亀頭さえも消えてしまった。その光景も死ぬほどいやらしい。

健太は全身を震わせながら、「気持ちいいです、気持ちいいです」と繰り返すことしかできなかった。

頭から耳をはやした女教師は、健太を愛しそうに、また、とても淫らでもある微笑を浮かべ、体を動かして乳房を上下に動かす。

亀頭の先から睾丸までがEカップに包まれて、なおかつそれが手コキをするように愛撫してくれるのだから、健太はあっという間に頂点へと持ち上げられた。

泣きたくなるほどのスピードで、エクスタシーに達した。

「美奈子先生、イキます、イキます、あああっ、イクぅっ！」

上半身を弓なりにさせると、乳房の中で、肉棒が、どくっ、どくっ、と脈動する気配が伝わってきた。

膣内への中出しは毎日、毎晩、堪能してきたが、挟まれたEカップに「中出し」したのは初めての経験だった。

「はあ、はあ、はあ……」

荒い息をつきながら女教師を見つめると、アイドル教師も見つめ返してくれる。美貌の全体が紅潮していて、とてもいやらしい。

「いっぱい、イッてくれましたね、健太くん……」

美奈子は恥じらいながら、立ち上がる。健太は顔を上に向ける。ひとときも女教師から視線を離したくない。

女教師は乳房を両手で持ち、それをこすり合わせるようにした。

谷間にためられていた精液が漏れだし、美奈子のEカップ全体に広がっていく。特に乳首と乳輪の辺りに広げていく。

何をするのだろうかと健太が思っているうちに、美奈子は右の乳房を持ち上げた。柔らかな巨乳は、たちまち女教師の唇まで届く。

アイドル教師は舌を伸ばし、何と自分の乳首を自分で舐めだした。

健太は「美奈子先生！」と叫ぶ。美奈子は微笑して「健太くんの精液、とってもおいしいです」と言う。

あまりのいやらしさに、健太は立ち上がった。

美奈子は「パイ舐め」を中断し、逆に床に四つんばいになった。

「来て、健太くん！　健太くんのオチン×ンを、先生のオマ×コに！」

コスチュームの股間部分にはホックがついているらしく、美奈子は指を伸ばしてそれを外した。

たちまち少年の視界に、女教師の女陰が飛び込んでくる。

もう濡れきっている。ノーパンなのだが、網タイツで包まれているからそのままでは挿入できない。

内気でおとなしい少年にも、ある種の暴力的な衝動が生まれた。両手でタイツをつかむと、思いっきり左右に引っ張る。

びりびり、と音がして、網タイツを破いて性器を露出させた。乱暴なプレイに女教師は興奮し「健太くん！」と淫らな悲鳴を上げる。

健太は美奈子の腰をつかんだ。

そして陰唇に肉棒を触れさせると、ぐっ、と腰を進めた。

亀頭は膣肉を掻き分けて、どんどん中に進む。

「ああっ！　あああっ、あああっ、健太くんの太くて硬い、生のオチン×ンが、あああっ、先生のオマ×コに！」

Gスポットを刺激し、奥まで入れると子宮口を突き刺す。

そして引いていく時にも膣内のくぼみを刺激し、入り口付近では膨れあがった亀頭がクリトリスも圧迫する。

「あああああっ！　いやらしすぎますぅっ、健太くん、ああっ！　も、もう、らめえええっ！　先生だけイッちゃうっ！　申し訳ないのですけれど、体が止まりません！　あああっ、好き、好き、愛してる、健太くん、大好き！」

挿入し、ほんの少しだけ体を引いただけで、美奈子は達していく。

健太の早漏と絶倫も半端がないが、女教師の早漏も最近はどんどん激しくなっている。イカせ好きの少年にとっては、願ってもない変化だ。

「い、イクぅぅーーっ！　健太くん！」

美奈子は痙攣しながら果てていく。だが、健太は腰の動きを止めない。すぐに女教師も復活し、再び淫らに叫ぶ。

「あああっ！　健太くん！　そこよ、そこ、そこが気持ちいいのぉっ！」

健太が腰を引き、クリトリスを刺激すれば「いいですっ！」と歓喜し、進めてGスポットに当てれば「あああっ！」と淫らな声を張り上げる。

だが、少年が有利に進められるのはここまでだ。

子宮口に肉棒が到着すると、もちろん美奈子も喜んでくれるのだが、健太が受ける快感の量は比類なく、たちまち追い詰められてしまう。

「あああっ、美奈子先生、奥が、奥が本当に気持ちいい！」

負けじと美奈子も返す。

「赤ちゃんをはぐくむところですもの。健太くんのオチン×ンが大好きなんですよ、あああっ！　こ、こうですか、こうやってかわいがってあげると、健太くんは喜んでくれるんですか、あああっ！」

「き、気持ちいいです！　ああっ、まるでオマ×コの中に先生の唇があって、オチン×ンをしゃぶられているみたいです！」

健太はバニーガールの奥に肉棒を突き刺したまま、腰を回転させることによってぐりぐりと肉棒で子宮を圧迫する。

「あああっ、僕のオチン×ンが、先生のオマ×コと溶けて混ざっていきます！」

「溶かしてください！　先生のオマ×コと、健太くんのオチン×ンは一つになって、もう離れないんです！」

バックで激しくまぐわう二人は、同時に叫んだ。

「美奈子先生、僕は、僕はもう、イッちゃいます！」

「あああああっ！　健太くん！　先生も、すごくイッちゃいます！」

健太が歯を食いしばってピストン運動を続けると、女教師は甘い言葉をどんどん投げかけて心を溶かしてくれる。

「あああっ！　き、来てぇ、健太くん！　先生のオマ×コで、もっともっと気持ちよくなってぇぇぇ！」

美奈子が絶頂を懇願すると、健太の意識は半分ぐらいが吹っ飛んでしまった。

そして、頭の中はどこで射精をするかで埋め尽くされた。

これまで、ずっと中出しをしてきた。だからこそ、人生で初めてとなる膣外射精も体験してみたい。

だが、考えるまでもなかった。最初から決まっていたと言っていい。

「イキます、美奈子先生！　ああああっ！　出る！　精液がいっぱい出る！　僕のオチン×ンから溢れちゃいます！」

「健太くん、先生を愛して！　オチン×ンで殺してぇっ！　いっぱい健太くんの精液を出してぇ！　赤ちゃんの素を先生にちょうらぁいっっ！」

「ごめんなさい！　先生のオマ×コより出したいところがあるんです！」

健太が打ち明けると、美奈子は「ええっ！」と驚愕した。

「い、いったい、それは、どこなんですか、先生のオマ×コよりもいいところが、あるんですか!?」

美奈子の詰問は激しい。まるで浮気がばれた時みたいな感じだったが、健太に説明する余裕はなかった。もう肉棒はぱんぱんに膨れあがっている。

「うわああああああっ！　ご、ごめんなさい、美奈子先生、オチン×ンを抜くから、床に横になってください、あああっ！」

健太は、腰を思いっきり引くと、肉棒は膣から飛びだして外気に触れた。

美奈子はあれほど反対していたのに、最後の力を振り絞って体を横たえて回転してくれた。

美しい肢体がカーペットの上に伸びる。その魅力に、精液が漏れてしまい、数滴の白濁液が飛び散った。

健太は「ああっ！」と、精液の「先走り」を惜しんだ。まだ早すぎる、と心の中で悲鳴を上げた。

視界に、水滴となった精液が落下していき、美奈子のふとももあたりに当たる。健太は括約筋を自分で締め、何とか射精を止めようとした。

少年の肉棒は宙を舞っている。

女教師の顔を目指して移動している最中だった。濃い粘液を眼鏡に浴びせかけるつもりだったのだ。

両脚をまたいで女教師の肩辺りを踏みしめると、そのまま腰を下ろしていった。相撲取りの蹲踞と同じ姿勢だ。

亀頭はちょうど、美奈子の顔面に肉薄していた。

「美奈子先生！　イキますぅっ！」

吠えると、ペニスからザーメンが飛びだした。

二回目の射精なのに、膣の中で精液の量が回復したのか、まるでこれが一回目と言っていいほど、勢いも、濃さも充分だった。

白濁液は直進して女教師の眼鏡に降り注ぎ続ける。レンズも、フレームも、充分な量の精液で覆い尽くされた。だが、それでも射精は止まらず、鼻の周りや頬にも撒き散らされていく。

「うわあああっ！　と、止まりません、美奈子先生！　気持ちよすぎて！」

健太が天を仰いで歓喜を表現すると、いきなりペニスがねっとりとした、優しい感触で包まれた。

慌てて顔を下に向けてみると、顔と眼鏡を精液でべとべとにされた女教師がペニスにむしゃぶりついていた。

お掃除フェラ。

その快感に、健太の全身がとろける。だが、美奈子は上体を持ち上げているから、腹筋に負担がかかっていそうだ。

健太はゆっくりと立ち上がっていく。女教師は、お掃除フェラを続けながら、自分も膝立ちになっていく。

すぐに少年が仁王立ちとなり、バニーガールの女教師がひざまずく格好となった。

見下ろせば、本当に女教師の顔は精液まみれになってしまっている。

眼鏡のレンズには白濁液が大量に付着しているから、ほとんど視界は失われているはずだ。

少年は半ば呆然として、なすがままの状態になっていた。

女教師は夢中で舌を動かし、吸引を続けていたが、次第に顔を男子高校生の股間になすりつけ始めた。

健太は美奈子が何をしようとしたのか知り、その貪欲さに驚愕した。

眼鏡や頬に付着していた精液をペニスに集めることによって、顔射された分も飲んでしまおうと言うのだ。

女教師は頬をペニスにすりすりしながら、上目づかいに少年を見つめる。

「先生の眼鏡にかけるなんて、健太くんったら、本当にエッチですね……。先生ももの すごく興奮しちゃいました」

健太が何か言おうとすると、美奈子は首を横に振って黙るように促した。ちょっと気圧される格好になり、健太は素直に従った。

「今度は、健太くんが横になってくれますか？」

これも少年は逆らわず、言われた通りにした。

すると美奈子が立ち上がり、健太の体を両足でまたいだ。そのことで、これからは騎乗位が始まることを知った。

さっきからずっと死ぬほど淫らなことに興じているはずなのに、急に美奈子の頬は赤くなってしまった。

「いよいよ、先生のオマ×コに中出ししてもらいますよ」

女教師が「中出し」の単語を発する時、非常に恥じらいに満ちた口調になった。健太は、そのキュートさに心臓を打ち抜かれてしまった。

そして、今すぐにでも中出しをして、女教師の願いを叶えてあげたいと思った。

肉棒は浅ましくぴくぴくと脈動し始めた。さっきからずっと、一向に小さくなる気配がなかったが、さらに膨張しようとしている。

少年が目を見開くうちに、女陰が上から肉棒に襲いかかる。ずぶずぶと音がするような勢いで、どんどん吸い込まれていく。

バニーガールは体を震わせながら、騎乗位で肉棒を挿入しきった。

すると、健太は強烈な快感に、絶頂に達してしまった。

「あ、あああっ！　美奈子先生、イッちゃいます、さっき出したばかりなのに、信じられない、あああああっ！」

肉棒が爆発し、膣内に精液をぶちまけた。

美奈子は「健太くん！」と叫ぶ。腰を下ろして肉棒を挿入した瞬間、いきなり精液が吹き上がったのだ。

「あああっ、な、中出しをこんなに早くしてくれるなんて、先生は興奮しちゃいます、あああああっ！」

英語教師は体を震わせながら、腰をグラインドさせる。

## 4 素敵な禁忌生活

美奈子は、信じられないほど深い官能のまっただ中にいた。

「あああっ、健太くんのオチン×ンから精液がどんどん飛びだしています！」

叫びながらも、腰の動きを激しくしていく。

女教師が腰を上げても、腰を下げても、亀頭が子宮口とぶつかっても、亀頭がクリトリスと接近しても、健太の肉棒からは精液が噴出し続けていた。

「健太くんの精液がオマ×コの中を駆け上がって、先生の子宮に当たっているのが伝わってて、ああっ、こ、こんなに気持ちのいいセックス、先生は本当に生まれて初めてです！　健太くんの中出しを味わいながら、硬くてたくましい生のオチン×ンに貫かれるなんて！」

美奈子の言葉に、健太も「ああっ、あああっ、み、美奈子先生！　射精が止まりません！」と叫んだ。

まさに女教師にとっては、夢のようなセックスだ。

最愛の教え子は、精液を撒き散らしながらピストン運動をしている。

硬い生肉棒が、先走りを吐きながら膣肉を進むだけでも美奈子は悩乱してしまうのに、それが精液となると快感のレベルはまったく違う。

「健太くん、オチン×ンはどうですか、気持ちいいですか？　先生のオマ×コは、健太くんのことを愛してあげられていますか、ああっ！　先生ばっかり感じてしまって、あぁっ、ご、ごめんなさい！」

美奈子は謝罪しながら腰を振るが、すぐに健太の本心が明らかになった。

「あ、あぁぁぁ……。み、な、こ、先生……。ぁ、ぁぁ……っ」

少年は、失神寸前の境地に達したらしい。

頭が真っ白になり、体がふわふわして、最高に気持ちのいい、まさに麻薬のような快感。

健太の射精は、さすがに勢いを弱めているが、それでもいまだにかすかではあるが漏れ続けている。

少年の絶倫さに、女教師の心は激しく動く。

もっと気持ちよくさせたくて、さらに腰の動きを加速させる。だからEカップはバニーガールのコスチュームの中で踊りまくっている。

「健太くん、先生はもう、おかしくなっちゃっています！　健太くんに狂いきっていて、健太くんと一秒でも離れるのが嫌なんです！」

美奈子は自然と、素直な気持ちを打ち明けていた。

すると、みるみるうちに、健太の意識が復活していく。

そして、美奈子の腰を摑むと、思いっきり突き上げてきた。

「あ、あああっ！　健太くん！」

女教師が快感に翻弄されると、健太が力強く言ってきた。

「来週の月曜も、火曜も、日曜も、あの南校舎でやりまくりましょう。僕はもう、一生オナニーをしません。プールの陰でも、教員用のトイレでも、とにかくどこでも生で挿入し、先生のオマ×コに精液を中出しします！」

美奈子は感動して「健太くん！」と叫んだ。

「お願いです、いつでも、どこでも先生のオマ×コに中出ししてください。先生は授業中でも必ず健太くんのことを思いだして濡らします。一生、健太くんの精液をオマ

×コで飲み続けます。だから、お願いします！　あああっ！」

懇願しながら、今度は美奈子が限界を超えるような勢いで腰を落とし込んでみた。

すると、いきなり子宮の中に亀頭が入っていった。

まるで吸い込まれるようなスムーズさで、美奈子は最初、信じられなかったぐらいだった。

しかし、効果はてきめんだった。

「ああっ！　美奈子先生！　オチン×ンが気持ちいいです！　こ、こんなに気持ちいいなんて、僕もおかしくなっています！　あ、ああっ、オチン×ンがどんどん膨れあがって、す、すごい！」

健太はまだ子宮に挿入したことに気づいていないらしく、深い興奮を味わいながらも混乱も感じているようだった。

美奈子もあまりの快感に翻弄されながら、健太に事実を伝えた。

「子宮に入っているんです、健太くんが先生の体の本当に奥深くにやってきてくれたんです、先生はとっても嬉しくて、ああっ、先生も感じきっちゃう！」

「あああっ、なんていやらしいんですか、美奈子先生のオマ×コは！　それじゃあ、学校でも子宮に挿入しなければならないんですね！」

「ああっ、健太くん！　健太くん！　スケベな女教師の子宮も、学校でかわいがってくれるんですか!?」

「もちろんです、美奈子先生。僕のオチン×ンを、オマ×コでも、子宮でも、どちらでも、たくさん楽しんでください！」

「あああああっ！　硬いオチン×ンが、先生の子宮で暴れ回っています！　あああっ、本当に健太くんのオチン×ンは素敵です！」

「先生の子宮も、オマ×コに負けないぐらい締まっていて、う、うわああっ！」

健太は苦痛に近い声を漏らしながらも、どんどん子宮にピストン運動を加えていく。

美奈子の全身には、尋常ではないほどの激しい快感が襲いかかった。

「健太くん、先生の子宮が、すごく喜んでいます！」

「わ、分かります！　何て気持ちいいんだ！」

男子高校生は呻くように言うと、猛然と腰を振りだした。

「はあああっ！　健太くん！　あああっ！　あああっ！　そんなに激しくされたら、先生は、先生は！　あああああっ！」

女教師は悩乱した声を張り上げた。

健太は別に、巨根の持ち主ではない。

いや、美奈子は経験がきわめて浅いため、実質的には健太が初めての男のようなところがあった。

だから、少年の肉棒が他人に比べて大きいのか小さいのか正確なところは分からないのだが、女の直感として普通ぐらいではないのかと思っている。

そうした推測を前提として、美奈子は健太の肉棒を、相性が最高だと考えていた。

ここまでジャストフィットしていなければ、偶然に「子宮責め」を発見できたりするはずがない。

それに、硬さはどんな男性にも負けないのではないかと思っている。膨張のレベルが桁違いだ。

鋼鉄のような、太い肉棒が、削岩機のような勢いで子宮口まで貫徹すると、あまりの快感に気を失ってしまいそうになる。

その快感がどれほどすごいのか、証拠として女陰からは、ぴちゃぴちゃぴちゃと、水音が響き渡ってきている。

女教師は思わず「いやらしい音がして、恥ずかしいです！」と叫んでしまっていた。本心でもあるし、照れ隠しでもある。

ところが、少年は「本当ですね、すごく恥ずかしいオマ×コです」と同意してしまった。

美奈子は激しいショックを受けた。

「え、えええっ⁉　け、健太くんは、先生のオマ×コが嫌いなんですか⁉　あああっ、ら、らめえええっ！　こんな恥ずかしい音がしているけど、お願いだから好きになってください、先生のいやらしいオマ×コを愛してくださいぃぃっ！」

「違いますよ、美奈子先生」

健太は猛烈に腰を突き上げながら、腰を掴んでいた手を離した。

そして右手を股間に、左手をバストに持ってきた。

クリトリスと乳房が同時に愛撫され、美奈子は「あああああっ！」と快感の増加に狂ってしまいながらも「何が違うんですか、健太くん⁉」と問いかけた。

「恥ずかしいオマ×コだから大好きなんです！　僕のいやらしいチ×ポを喜んでくれるようなオマ×コだから愛しているんです！」

少年の叫びを聞いた女教師は、瞳から涙をあふれさせた。

「嬉しいです、健太くん！　あああああっ、も、もうダメです！　イッちゃいます、健太くん！　先生は子宮でイッちゃいます！」

美奈子は達し、やはり後ろ側へ大きくのけぞる。

両手を床について支え、いまだに猛烈に突き上げてくる健太のペニスを子宮や膣というよりは全身で受け止めている。

絶頂がずっと続いていて、何も考えられない。

少年はこれまでにない激しさで、腰を全力で振ってくる。

騎乗位なのに、まるでバックのように、ぱん、ぱん、ぱん、と健太の体が美奈子を打ち付ける音が自宅に響く。

健太の肉棒は限界まで膨れあがっているのがはっきりと分かる。女陰にもたらされる快感は半端ではない。

ひ弱な体のどこに、ここまでのパワーがあるのかと不思議に思うほど、さらに少年はピストン運動を激しくさせた。

そして、健太のエネルギーで再び美奈子は覚醒し、連続して絶頂に達してしまうことを告げた。

「ひやあああああっ！　も、もうらめですぅ！　イッちゃいます！　健太くんのオチン×ンでイッちゃいます！」

「うわあああ！　僕もイキます！　精液が出ちゃいます！」

「お願いですっ！　子宮に、子宮に出してください！　健太くんの精液を、オマ×コに中出しするんじゃなくて、子宮に出して、ぶっかけてください！」

「美奈子先生！　い、イキます！　イっ、イクっ！　うわああっ！　僕のオチン×ンが、チ×ポが、うわああっ、子宮につぶされて、破裂してしまうぅぅっ！」

「健太くん、先生もイクぅ！　イッちゃいますぅぅっ！　ひぃあああああああっ！　イク、イク、イクぅぅっ！」

健太が言う通り、子宮の中で肉棒が爆発した。

信じられないほど膨れあがり、精液が子宮へダイレクトに浴びせられた。

「うわあああぁぁぁぁ！」

「ひぃぃぃぃぃぁぁぁぁぁぁぁぁぁ！」

あまりの快感に、女教師は少年の体に崩れ落ちる。

少年はそれを受け止めるが、すぐに気を失いかかって大の字に伸びる。

だが、肉棒はあまりに奥に突き刺さり、子宮と膣が締め上げて離れないので決して抜けることはない。

と言うよりも、まだ射精の真っ最中だった。

どくっ、どくっ、どくっ、と規則正しく脈動し、大量の濃い白濁液を子宮の中に満たしていく。

とうとう子宮のキャパシティも超えてしまい、ザーメンは膣の中にまで溢れてきた。
これがこのまま続けば、膣口から精液が漏れだしてしまうのも確実だった。

# エピローグ

一か月後の五月。ある日曜日。

美奈子と健太は、レンタカーを使ってドライブしていた。

目的地は、郊外にある借家を見ることだった。前から気になっていて、玄関の近くには「入居者募集中」の看板が設置されている。

連絡先として書かれている不動産屋を訪れると、とんでもないところだった。

事務所に入ると、どことなくいい加減そうな老人が一人しかいない。美奈子がだいたいの住所を告げて内見したいと申し出ると、「今は忙しいんだよね」とあっさり断ってきた。

あまりの商売っ気のなさにあっけにとられていると、老人は「もしよかったら、ご姉弟で見に行かれたらどうですか?」と言う。

いい加減そうに見えて、物件の説明は詳細にしてくる。

率直に言って、人気のない物件だという。

そもそも田んぼの中に建っていて、通勤には不便だ。それに持ち主がいて、今は転勤をしているから借家にしているのだが、三年後には戻ってくるため賃貸の期限が設定されている。

それから不動産屋は、健太と美奈子を駐車場に案内した。

「本当にごめんなさいね。どうしても事務所から離れられなくてね。代わりに、これはうちの車なんだけど、自由に使っていいから」

とぼけた顔で言うと、「ほら」と二つの鍵を美奈子に渡した。一つは車用で、もう一つは借家のものだ。

美奈子は「レンタカーで来ていますから」と車の鍵は断り、家の鍵は借りることにした。

駐車場で、老人は手を振りながら見送ってくれた。

「行ってらっしゃい、帰りは遅くなった方がありがたいから。何なら、鍵を返すのは来週でもいいよ。あの家も好きに使って構わないから。近所のコンビニとかで弁当を買ったりして食事したらどうだい。まあ、家具も何もないんだけどさ」

レンタカーで国道に出ると、我慢を続けてきた少年と女教師は爆笑した。

「あの人、人気のない物件だから、連れて行く気がないんですよね、健太くん？」

「いや、それもあるんでしょうけど、意外にああいうキャラクターを計算して作っているかもしれませんよ。のんびりとした人柄にひかれて契約する人がいるのかもしれません」

「あ、それは健太くんが鋭いかもしれませんね」

しばらくすると、借家に到着した。

少年と女教師は、通学と通勤に不便な場所だとは承知している。むしろ、それを魅力に感じてどんな家か見たいと思ったのだ。

ここなら学校の関係者も、生徒も住んでいない。

それに不動産屋などはビジネス街への通勤をイメージして「不便」と言っているのだろうが、二人が今住んでいるマンションには一時間もかからない。

どこまで現実のものになるかは分からないが、二人が考えているのは、次のような計画だ。

この家を借りて二人で同棲するのだが、マンションの契約を解消し、住民票を借家に移すのは美奈子だけにする。

健太も当然、借家に引っ越しするのだが、マンションの賃貸は続ける。住民票もマンションにとどめる。

学校や、健太の両親にカムフラージュする目的もあるのだが、最大の狙いはマンションの駐車場と駐輪場を使うことだ。

つまり、もしここに引っ越せば、少年と女教師は車でマンションに向かい、そこに車をとめ、これまでのように自転車で学校に向かう。

放課後、先に下校する健太は、マンションの自室で女教師の帰宅を待つ。そして二人で車に乗ってこの借家に帰る。

何なら、平日はマンションで同棲してもいい。この借家は週末に使う「別荘」と考えることもできる。

いずれにせよ、人目を気にせず、思いっきり二人きりの生活を過ごせる場所が欲しいのだ。

実現すれば、美奈子のマンションの合鍵は必要なくなる。その代わり、借家の鍵が二本になり、それを少年と女教師で共有することになる。

(何だか、どきどきするな。鍵の本数は変わらないのに……)

そんなことを考えながら玄関を開けると、あまりの豪華さに健太と美奈子は「うわあ」と歓声を上げた。

不便ということは土地代が安いのだろう。その分、家に金をかけたのだ。広々としたリビングにダイニング。寝室は三部屋もあり、おまけに和室もある。キッチンは最新型のシステムキッチンで、共に料理が好きで得意なカップルには腕のふるいがいがある。

庭も、犬を二匹、いや、三匹飼ったとしても、充分な広さがある。木や花もきちんと植えられていて、庭師がデザインしたのは明らかだった。

こんなところで同棲したら、本当に幸せだろう。

最初、健太はロマンチックな気持ちになった。だが、どうしても、ここに住んでセックスすることも考えてしまう。

それは美奈子も同じようで、次第に眼鏡の奥がとろけた色になってきている。

だが、何となく互いに本心を打ち明けられないまま、二階の部屋をチェックする。

完全なファミリータイプの借家だから、空き部屋が出る。

その使い方を巡り、二人で話をしていたところ、美奈子がアイディアを披露した。

ホワイトボードなどを持ち込んで、小さな教室にしたらいいというものだった。

週末の個人教授は、今も続いている。

そのおかげで、健太には目標ができた。実際のところは、きちんと勉強を終えると互いに興奮していることに気づき、激しい中出しセックスに溺れた後、ピロートークをしながら発見したのだ。

「健太くん、ひょっとしてインドネシア語ってできるの？」

「さすがにビジネス会話とか、小説とか学術書を読むことはできませんが、日常会話とか子供向けの本なら大丈夫です」

それから美奈子はしばらく考えた後、健太に「コーランを読んだことはある？」と聞いてきた。

健太は頷いて「中学生の時に岩波文庫を一応」と答えた。

美奈子は、日本でもインドネシア語学科が設置されている大学があるということを教えてくれた。

アイドル教師は、もちろん英語科の卒業だが、大学で語学を学ぶことについては、豊富な知識がある。

その説明に、健太の心は動いた。

単に語学を勉強するだけでなく、例えば歴史や文学を研究することもできるし、経済や文化を調べることもできる。

また、健太の得意な料理だって、立派な学問になる。料理史という歴史ジャンルは存在する。現在の食文化を調べれば、それを文化研究に結びつけることもできる。

自分の好きなことを、そのまま勉強できる。

そんなことを、健太は考えたことがなかった。目を見開かれた気持ちになり、勉強への意欲を増した。

すると、教室での立ち位置、つまりキャラクターも変化した。

まだ無口で人見知りするタイプだから、友達は一人もいない。だが、授業が進むにつれ、クラスメイトの誰もが「あいつは頭がいいようだ」と認識してくれるようになった。埋没することがなくなり、確かな存在感を発揮している。

健太は、がらんとした部屋を眺めた。

ここで、アイドル教師の授業を、たった一人で独占することができる。その思いは、恥ずかしいことに、性欲に直結した。

この日、少年は、Tシャツにジーンズという格好だった。特にジーンズはスリムタイプなので、股間の盛り上がりは一目瞭然だった。

健太が困っていると、美奈子が気づいた。

「あらあら、健太くんったら、とっても元気ですね」

その母性に満ちた呼びかけに、肉棒は反応してぴくんぴくんと上下する。

(こんなに優しくて、エッチな女の人って、この世に実在するんだ……)

何で、そんな女性が自分を愛してくれるのかは、結局のところはよく分からない。

それは美奈子も同じだろう。とにかく互いに一目ぼれをして、強くひかれあってしまったのだ。

だが、女教師にふさわしい人間になることはできる。学力だけでなく、人格も成長させ、自分の好きな道を堂々と歩き、きらきらと輝く。

そう思えば、勃起が恥ずかしくなくなった。健太は手で股間を隠そうとしていたのを止めてしまった。

今日の美奈子も、いつもの格好だ。

真っ白なブラウスに、紺色のフレアスカート。学校で生徒を魅了する姿を、ひょっとすると「プライベート教室」で眺めるのはまた格別だった。

二人は抱き合い、猛烈なディープキスを始める。

口を半開きにして密着させ、舌を淫らに絡め合う。唾液の行き来は大量で、その美味しさは筆舌に尽くしがたい。

おまけに胸元では、女教師のEカップが揺れて弾んでいる。

当然ながら、健太の股間はどんどん熱くなっていく。

だが、美奈子は唐突に、唇と体の密着を解いた。

何が始まるのか、健太はどきどきしながら、女教師を見つめる。

英語教師は、清純きわまりない微笑を浮かべているが、やはり、どこかに淫靡な雰囲気が感じられる。

美奈子が、床にしゃがんだ。

「健太くんも、床に座ってください」

かすれきった声がささやくように言い、健太は素直に従った。腰を下ろし、体育座りの格好をする。

「はあっ……。ああっ……」

いきなり美奈子は淫らな声を漏らすと、両足を開いていった。

ふとももとフレアスカートが作る三角形が、どんどん小さくなっていく。

そして突然、女教師の両足に、目も覚めるようなグリーンのラインが見えた。

（こ、これはひょっとして……。が、ガーターベルト！）

セクシーでアダルトな下着の出現に、健太の胸はときめいた。

少年の予想通り、女教師はガーターベルトをはいていた。足先から続くストッキングはふとももの真ん中で消滅し、それを緑色のラインの先にあるクリップでつなげている。

緑の生地は、周りにふわふわとした飾りがつけられている。半透明の生地は天使の羽のようで、そのかわいらしさは素晴らしい。

それから少年は、どんな下着が出現するか、心をときめかせながら待った。

だが、足がどんどん開かれても、健太は下着を確認できなかった。

そしてフレアスカートが完全にめくれ上がり、健太は女教師の股間を直視することができた。たちまち全身が震えた。

女教師は、ノーパンだった。

(な、なんていやらしいんですか、美奈子先生!)

健太は圧倒されたが、気持ちを立て直し、じっくりと、女教師の秘部を凝視する。

そのうちに、女教師は両足を開ききった。少年の脳裏に、毎朝、箸を拾っていた時の光景がよみがえる。

あの時、美奈子にはまだ迷いがあった。開脚の角度は浅かった。

だが、今の女教師は足を大胆に開ききり、腰もぴくぴくと動かしている。あまりにいやらしく、そして、あまりにもかわいい。

視線を浴びせかけると、「ぁぁっ」と、かすかではあるが、はっきりとした喘ぎ声を漏らす。

あっという間に、クリトリスの皮が独りでにむけた。そしてピンク色の突起が突きだし、健太を卑猥に誘う。

健太は何も考えないまま、四つんばいになった。

そのままの姿勢で、前進する。箸を拾う時の格好とまったく同じなのを思いだしてしまう。

顔をフレアスカートの中に突っ込むと、迷わずクリトリスをなめ始めた。

「あ、あああっ！　あああっ！」

美奈子の喘ぎ声が、一気にほとばしった。

健太は夢中になり、舌をクリトリスから女陰に動かし、陰唇にむしゃぶりついてから、再び肉芽に戻すという愛撫を繰り返した。

女教師は「健太くん！」と叫び、一か月前なら妄想すら不可能だった淫らな懇願をしてきた。

「先生の、先生のアナルを、健太くんの指でかわいがってください、お願いします、先生のお尻に指を入れてください！」

健太が股間から顔を離すと、美奈子は床に横になる。足を開ききると、尻肉が淫らな開閉を繰り返している。

最近の二人は、アナル拡張に夢中だった。

舐めることから始まり、ローションを使って指を挿入することにも成功した。そして今は、何の潤滑剤を使わなくても、一本なら入れることができる。

（じっくりとプレイを重ねれば、先生のお尻にオチン×ンを入れて、そこに中出しすることもできるんだ……）

健太はこれからの展開に、心をときめかせる。

女教師と少年にとっての夢は、二つの穴に連続して中出しすることだ。一回目は膣がいいだろう。そして肉棒を引き抜き、竿にまみれた精液をローション代わりにしてアナルへと挿入し、二回目を尻の中にぶちまける。

妄想しながら、少年は指を女教師のアナルに当てる。

調教されつつある「第二の穴」は、触れられただけでぱっくりと開き、挿入をせがんでくる。

アイドル教師は、あまりに淫乱なアナルの持ち主だと、健太は大声で自慢したくなった。

そんな優越感、特権性を存分に味わいながら、健太は指を進めていく。

たちまちずぶずぶと埋もれていき、思わず少年は感嘆して叫んだ。

「美奈子先生、僕の指が、どんどんお尻に吸い込まれていますよ！」

「ああっ！　健太くんに見られてます！　先生がお尻で感じているところ、健太くんに凝視されて、ああっ、すごく恥ずかしいのに、とっても感じちゃいます！」

アナルを責めているのに、女陰までもが蠢いてくる。

ひっきりなしに愛液が漏れだし、その量は増す一方だ。

「お願いです、健太くん、指を動かしてください！」

卑猥な懇願は、健太の心を直撃した。

健太は根元まで挿入すると、まず引いてみた。

尻肉が離すまいとしてまとわりついてくる。まるで「抜かないで」と必死に訴えているようだ。

健太は半分ほど引くと、今度は進めてみる。すると女陰だけではなく、アナル自体から透明な液があふれてくる。

慎重な指使いは必要ない。健太はそう判断し、ピストン運動を開始した。

「あああああっ！　き、気持ちいい！　こんなにアナルで感じちゃうなんて、先生は本当に変態です！　どうしようもなく淫らな女教師です！　あああああっ、健太くんを愛していると、どんどんいやらしくなっちゃう！」

美奈子は激しく歓喜しながら、無我夢中という感じで右手を胸元に持っていき、ブラウスの上からEカップをわしづかみにする。

健太は、負けていられないと思った。

今は右手の人さし指でアナルを責めている。開いた左手を使い、こちらは中指を女陰に挿入していった。

「あ、あああああっ！　け、健太くん！　オマ×コ、先生のオマ×コ、とっても気持ちがいいです！」

女教師の狂乱に興奮しながら、少年は意地悪な気持ちになった。

右手でアナルを責める動きを止め、左手でオマ×コだけをピストン運動する。

「だ、ダメです、健太くん！　あ、ああっ、お、オマ×コも気持ちいいですけれど、先生の、先生のいやらしいお尻も責めてください！」

美奈子は泣きべそをかいている。

健太は、そのかわいらしさに心を打たれたが、好奇心もさらに深まり、心を鬼にして無視を決め込んだ。

次は女陰を責めるのを止め、アナルの攻撃だけを復活させた。すると女教師は「うぅっ！」と低めの声を漏らす。

「ど、どうして、健太くんはそんなに意地悪なんですか!?　あ、あああっ、お尻も気持ちいいけれど、健太くんの望むことなら、どんなにいやらしくて変態なプレイでも、先生は何でもします、健太くんの望むことなら、オマ×コと一緒に責めてください。そうしてくれたら、先生は何でもしますから、絶対に言うことを聞きます。だから、だから、あああっ！　お尻も指でずぼずぼしてくださいぃぃいっ！」

美奈子は泣きながら請い続ける。アナルも膣も健太の指を締めつけ、さらにクリトリスも一層激しく勃起する。

片方ずつの反応を見届けた健太は、次はいよいよ両方を動かす番だと思った。

ここまで淫らな女教師が、女陰と尻を同時に責められると、どれほど乱れるのか心の底から知りたい。

短く深呼吸すると、いずれも指が深々と突き刺さっている感触を確かめ、どちらも前後に動かした。

「あああっ！　突きまくってください、健太くん！　どうしようもない先生のオマ×コとアナルを、たくさんずぼずぼして、先生をおかしくさせてください！」

さらにスピードを速くすると、女教師は「健太くん！」と歓喜する。

「健太くん、健太くん！　先生は幸せです！　こんなにいやらしいのに、まったく変わらずに愛情を注いでくれて、あああっ！　オマ×コも、お尻の穴もすごく気持ちいいんですっ！　健太くんが、一生懸命に指を動かしてくれているから、ああああっ、先生はもう、もう、イッちゃいます！」

涙をぽろぽろとこぼしながら、眼鏡をかけた顔を左右に「いやいや」するように激しく振る。

女教師の理性や倫理、そして知性が崩れていき、一人の「淫女」に変貌する。

その光景は、健太の下半身を直撃した。

「あああっ！　な、なんてスケベなんですか、美奈子先生！　なのに綺麗で可愛くて、僕はもう、おかしくなってしまいそうです！」

「健太くん、いやらしい先生は、好きですか？　あ、あああっ！」

「好きです、大好きです、愛しています！」

「もっと、もっと乱れちゃっていいんですか？　私は健太くんの先生で、恋人で、それだけじゃなくてお姉さんで、そしてママでもあるんです。なのに、エッチにいやらしくなっていいんですか、あああっ！」

「狂ってください、変態になってください、そうじゃないと僕は先生を見限って、インドネシアに帰ります！」

「ああっ、健太くん！　お願いだから帰るなんて言わないで！　先生、健太くんの理想の女になります！　健太くんが望むことなら、どんなことでもします！　健太くんが嫌じゃなかったら、一生側にいて尽くしたいんです！　健太くんを気持ちよくさせて、興奮させて、喜んでほしいんですっ！」

健太の心は、たちまち沸点を超えた。

二本の指を、猛烈な勢いで動かした。女教師の深い愛情に対する感謝を込めたつもりだった。

「あああああーーーっ！　健太くん、も、もう、先生をめちゃくちゃにしてぇ！　先生を犯して、粉々にしてぇえっ！」

「先生、こうですか、オマ×コとアナルずぼずぼすればいいんですか!?」

「あああっ！　いやらしすぎますぅっ、健太くん、ああっ！　も、もう、らめええぇっ！　先生だけイッちゃうっ！　恥ずかしくて、申し訳ないのですけれど、体が止まりません！　あああっ、好き、好き、愛してる、健太くん、大好き！」

美奈子は上体を大きくのけぞらせ、アーチ型になって絶頂に達していく。

「うわああっ！　最高です、美奈子先生！」

健太が吠えると、女教師の声は「ああーーぁぁっ！」とかすれていった。

そしてとうとう、美奈子は失神してしまった。

「はあ、はあ、はあ、はあ……」

健太は床に膝をつき、伸びてしまった女教師のアナルを見つめる。

いまだに震えていて、淫らな開閉を繰り返している。それはまるで、美奈子の意志とは異なり、「今すぐにオチン×ンをください」と訴えているように見える。

少年は、ジーンズの股間を確かめた。

隆々と勃起している。自分で言うのも何だが、今日はとびきりに硬い。少々の障害でも、ものともせずに突き進むことができる。

ジーンズとトランクスを、健太は脱いだ。

そしてはち切れそうな肉棒の先端、亀頭をアナルに当てた。

感触が伝わったのか、美奈子が「う、うぅん」とうめいた。意識を取り戻しつつあるのだ。

一方のアナルは、猛烈に喜んでいる。早く進めてくださいとせがんできている。

心を平静にして、健太は腰に力を入れていく。

ぐっ、という感触がして、抵抗をしているのかと思ったが、意外にスムーズに埋まっていきそうだ。

やはり美奈子先生は最高の恋人だ、と健太は呟いた。

貫通は間違いないだろう。少年は女教師に童貞を奪われたが、今度は少年が女教師の「処女」を奪うのだ。

健太はどんどん腰を前に進めながら、女教師とは絶対に離れられないことを確信していた。


（了）

フランス書院文庫


担任女教師《たんにんおんなきようし》と僕《ぼく》【合鍵生活《あいかぎせいかつ》】

著　者　二神　柊（ふたがみ・しゅう）

発行所　株式会社フランス書院

東京都千代田区飯田橋３－３－１　〒102-0072

電話　03-5226-5744（営業）

　　　03-5226-5741（編集）

URL　http://www.france.jp

印刷　誠宏印刷

製本　宮田製本





ISBN978-4-8296-1791-5 C0193

# 時代艶文庫

## 美臀おんな剣士・美冬
御堂 乱
幕末、平和な秋津藩に恐ろしい禍いが。後家狩りと称して武家妻を集団で凌辱する官軍。藩主の娘美冬は女だけの小隊を率いて立ち向かうが……。

## 美臀おんな剣士・美冬と女侠客
御堂 乱
時は幕末。ヤクザに逆恨みされ、窮地に陥った女侠客を救ったのは男装の女剣士・美冬。同郷の絆で結ばれた二人に熊倉組の卑劣な淫罠が迫る！

## 人妻仕置き人・初音
八神淳一
長屋一の美女と謳われる初音——昼は端唄の師匠、夜になれば江戸の悪を討つ仕置き人に。今宵の依頼人は「天狗様」に大事な娘を弄ばれた親たち！

## 京のとらわれ姫
若月 凜
幕末動乱の京。貧しいながらも公家としての誇りを失わぬ姫に運命の歯車が牙を剝く！ 商人に買われ、蔵に囚われた清香を折檻の日々が襲い……

## 人妻大奥
八神淳一
仕えるは美しき人妻三千人！ 長屋で夫と幸せに暮らしていた美緒は大奥での奉公を命じられる。馴れない性技を覚え、女の戦いに勝ち抜くが……

## 武家女の誇り
北川右京
夫を殺されたあげく、辱しめを受けた美しき武家妻は若い義弟とともに仇討ちの旅に出る。加世の凛とした筋の通った生きざまが胸を打つ艶道中！

# 結城彩雨文庫

*Yuuki Saiu Bunko*

ファン垂涎の挿画を一挙収録!

## 姦淫の旋律 肛虐三姉妹
挿画・楡畑雄二

30歳、26歳、21歳…美貌の三姉妹が監禁されたのは狂った医師たちが造りあげた肛虐の獄舎。淫肉へと堕ちた三姉妹が奏でる涕泣は永遠にやまない。

## 人妻と誘拐犯
挿画・楡畑雄二

「欲しいのは金じゃねえ。深町綾乃のムチムチの身体だ」誘拐犯に大量の浣腸液を注がれ、貞操と理性は崩壊寸前に…暴走をはじめる人妻の運命!

## 女教師凌辱生活
挿画・楡畑雄二

「悠子先生は、これから一生僕の奴隷だからね」優等生の裏の顔は、神をも恐れぬ天才肛虐鬼。教職から性隷へ――芦川悠子・最後の授業が始まる。

## 若妻社員肛虐研究所
挿画・笠間しろう

人妻ならではの美臀が、セクハラ上司の標的に!早朝から待ち伏せされ通勤電車で始まる痴漢凌辱。自宅へ帰ることも許されず、初美は奴隷社員へ!

## 人妻解剖教室
挿画・桐丘裕詩

「あなたたちは人間の皮をかぶったケダモノよ」淫獣医師団にモルモットにされる哀しきまゆみ。終わりなき肛虐実験の果て、人妻に更なる悲劇が。

## 五つの罪 若妻 美臀裁判
挿画・桐丘裕詩、楡畑雄二、沖渉二

「やめて、夫にも触らせたことのない場所なのに」肛姦という名の尋問が暴く、貞淑な人妻の素顔。最高の美臀妻たちにくだされた、五つの肛虐判決。

フランス書院文庫

**美少女奴隷コンテスト**　綺羅光

藤島彩奈、中丸美青、東沙絵子とともに伝説の美少女・藤平智実が歩まされていく奴隷娼婦の道程。綺羅光が挑む、前代未聞、究極の美少女ハーレム。

**人妻温泉**　巽飛呂彦

脱いだ浴衣の下に現れる貴和子の熟れきった女体。服を着れば貞淑な一児の母も、湯船では美獣に！　アルバイト先で少年が体験する極楽の年上温泉郷。

**家庭訪問　僕の部屋に三人の女教師が…**　本藤悠

〝抜き打ち家庭訪問〟からはじまる夢の楽園は、新任教師、担任教師、学年主任を巻き込んで……日替わりで先生が僕の寝室に――淫らな課外授業。

**破戒【悪魔高校生と犠牲《いけにえ》】**　鳴瀬夏巳

（あの熟れた美臀を、僕だけのものにしたい！）麗しい兄嫁の後ろ姿が、少年の劣情に火をつけた。危険な邪眼の標的は、世話する女教師と看護婦へ。

**癒し母・癒し娘**　如月蓮

八年ぶりに再会した、憧れの人が放つ芳香は極甘すぎた。あやまちのすべてを覗いていた娘、遥と夏美までが接近して…癒しを超えた蜜着生活！

**姉姦**　桐島寿人

女子大生と人妻――麗姉を美獣へ変える相姦悲劇！　22歳の甘い乳房を、食べ頃に熟れた31歳の女陰を、ずっと好きだったから、嬲りたい、犯したい！